# MÉMOIRE

## SUR LES

# TERRAINS PRIMAIRES

## DE LA BELGIQUE,

### DES ENVIRONS D'AVESNES ET DU BOULONNAIS

PAR

## JULES GOSSELET.

## PARIS,
IMPRIMERIE DE L. MARTINET,

RUE MIGNON, 2.

—

1860

A

# CONSTANT PRÉVOST,

A l'illustre maître dont la mémoire me sera toujours chère.

————

A

# M. HÉBERT,

PROFESSEUR DE GÉOLOGIE A LA FACULTÉ DES SCIENCES DE PARIS.

Hommage de reconnaissance pour les conseils qui m'ont dirigé
et soutenu dans ces travaux.

J. GOSSELET.

# MÉMOIRE

SUR LES

# TERRAINS PRIMAIRES DE LA BELGIQUE,

### ENVIRONS D'AVESNES ET DU BOULONNAIS.

## 1. INTRODUCTION.

### CONSIDÉRATIONS SUR LA CONSTITUTION PHYSIQUE DU PAYS ET SUR LA DISPOSITION GÉNÉRALE DES COUCHES.

*Sommaire.* Régions naturelles. — Objet du mémoire. --- Disposition générale des couches. — Bassins. — Plissements. — Failles.

On désigne sous le nom de monts hercyniens un massif montagneux qui s'étend du nord de la France aux plaines de la Pologne, et dont les principaux membres sont l'Ardenne, le Hundsrück, le Taunus, le Thuringerwald, l'Erzgebirge et le Riesengebirge. C'est moins une chaîne de montagnes qu'un plateau élevé, coupé de fentes étroites qui livrent passage à la Meuse, au Rhin, à l'Elbe, etc.

L'élévation générale du plateau augmente à mesure qu'on s'avance vers l'est et atteint son maximum (1605 mètres) au Schneekoppe dans le Riesengebirge, sur la frontière de Prusse et d'Autriche.

Le sol des monts hercyniens est en couches presque toujours inclinées, souvent même perpendiculaires. Les roches qui le composent sont des quarzites, des grès, de la grauwacke, des ardoises, des schistes argileux et des calcaires qui présentent généralement les caractères du marbre. On peut, sous ce rapport, le diviser en deux séries de régions : les unes composées de quarzites, de grès, d'ardoises et de grauwacke, telles que l'Ardenne, le Hundsrück, le Taunus ; les autres où dominent le calcaire et les schistes argileux, l'Eifel par exemple.

G.

1

L'Ardenne est l'extrémité occidentale des monts hercyniens. Elle s'étend sous forme d'une large bande un peu courbe du S.-O. au N., depuis les environs d'Hirson et de Mézières, jusqu'à ceux de Stolberg et de Gemünd (Prusse rhénane). Elle va en s'élevant dans cette même direction depuis Hirson, où elle n'a que 220 mètres jusqu'aux hautes Fanges, entre Malmédy et Spa, où elle atteint 689 mètres.

Elle est formée par les terrains que les géologues nomment silurien et dévonien inférieur, et que Dumont a appelés ardennais et rhénan. Elle est de plus flanquée au N.-O. d'un escarpement calcaire (calcaire de Givet ou calcaire à strigocéphales) qui s'élève comme un mur au-dessus de la plaine voisine.

Je n'entreprendrai pas de faire la description physique de l'Ardenne, les pages éloquentes que M. Élie de Beaumont lui a consacrées dans l'explication de la carte géologique de France, ont rendu populaire cette pittoresque contrée avec ses plateaux marécageux couverts de bruyères et de genêts, ses ravins profonds, ses rivières au cours sinueux, roulant avec bruit leurs eaux froides et limpides dans des vallées étroites, dont les bords s'élèvent perpendiculairement à une hauteur de plus de 200 mètres.

Au N.-O. de l'Ardenne se trouve un autre plateau composé de grès, de schiste argileux et de calcaire (1) (terrain dévonien, moyen et supérieur ; terrain carbonifère). Je l'appellerai plateau ou bassin anthraxifère de la Belgique, parce qu'il est composé presque entièrement du terrain anthraxifère de M. d'Omalius d'Halloy. Il forme un triangle allongé dont le sommet est près de Liége, et dont la base s'étend avec une largeur de 7 myriamètres entre Tournay et Avesnes Il va également en s'abaissant dans la même direction : sa hauteur près de Liége est d'environ 350 mètres ; près d'Avesnes elle n'est plus que de 180 mètres ; plus à l'ouest, il disparaît sous les terrains secondaires. La Meuse le traverse du nord au sud, dans une fente dont la profondeur est d'environ 100 à 137 mètres. La partie qui est à l'est du fleuve, porte le nom de Condros ; celle qui est à l'ouest peut

(1) Il est à remarquer que le calcaire de Givet et le poudingue de Burnot, suivant leur position géographique, appartiennent en partie à l'Ardenne, en partie à cette seconde contrée.

prendre le nom général de Hainaut. C'est un pays cultivé, mais peu fertile, excepté à son extrémité sud-ouest, où il est recouvert par une argile très favorable à la culture, et que les géologues ont appelée loess, lehm, limon hesbayen, etc.

Nous avons vu que l'Ardenne est en quelque sorte une citadelle dont les remparts seraient représentés par les escarpements du calcaire de Givet. Entre l'Ardenne d'une part, le Condros et le Hainaut de l'autre, s'étend comme un fossé une large vallée formée de schistes argileux et presque aussi stérile que l'Ardenne, c'est la Famenne. sur la droite de la Meuse ; la Fagne, sur la gauche. Vers le nord du plateau anthraxifère, on trouve une autre bande schisteuse accompagnée de nombreuses couches de houille qui font la richesse de la Belgique. Elle est creusée depuis Charleroy jusqu'à Liége d'un profond sillon où coule ce cours d'eau qui porte d'abord le nom de Sambre, et prend celui de Meuse après s'être réuni à Namur avec la rivière de ce nom qui descend de l'Ardenne.

A l'ouest de Charleroy, il y a dans la même bande houillère un autre sillon, beaucoup plus profond et beaucoup plus large, qui formait, à l'époque de la mer crétacée, un golfe ouvert à l'ouest et qui a été comblé par des sédiments secondaires et tertiaires : c'est le golfe de Mons ou du Borrinage.

Dans le prolongement du Condros, il existe une contrée fort analogue par sa composition minéralogique, mais beaucoup plus étroite, qui s'étend de Liége à Stolberg et qui porte dans sa partie belge le nom de pays de Herve. On peut la nommer d'une manière plus générale bassin anthraxifère d'Aix-la-Chapelle. Comme le Hainaut, elle présente une échancrure remplie par les sédiments de l'époque crétacée.

Au nord du plateau anthraxifère de la Belgique, entre la Dendre et la Gette, se trouve une contrée très fertile, dont le sol est formé de sables tertiaires recouverts d'un épais dépôt de loess, c'est le Brabant. Dans quelques points, principalement au fond des vallées, on voit percer des roches analogues à celles de l'Ardenne : ce sont, selon l'expression de M. d'Omalius d'Halloy, les sommités d'un ancien monde enfoui sous des dépôts plus nouveaux. C'est le prolongement extrême et, pour ainsi dire, sous-marin des monts hercyniens.

L'objet de ce travail sera l'étude géologique du plateau anthraxifère de la Belgique et des parties voisines du Brabant et de l'Ardenne.

Ces contrées, comme je viens de le dire, sont spécialement formées de terrains primaires : les terrains secondaires et tertiaires n'y jouent qu'un rôle très accidentel, aussi je les laisserai presque complétement de côté. Je dois donc donner quelques détails de plus sur la constitution générale du plateau anthraxifère.

En 1828, M. d'Omalius d'Halloy (1) a établi que toutes les roches, qui le composent, peuvent se rapporter à quatre systèmes : l'un formé de poudingues, de psammites et de schistes souvent rouges, qui a reçu depuis, de M. Élie de Beaumont, le nom de *poudingue de Burnot ;* un autre composé de calcaire et de schistes gris, que M. d'Omalius nomma le *calcaire de Givet ;* le troisième, de psammites et de schistes, qui porte le nom de *psammites du Condros ;* enfin un quatrième, calcaire, qui est le *calcaire de Visé ;* on peut ajouter un cinquième système pour les schistes et les grès houillers, et l'on aura toutes les couches primaires qui entrent dans la composition du Condros et du Hainaut. M. d'Omalius remarqua, en outre, que ces divers systèmes sont contournés, repliés sur eux-mêmes, comme s'ils avaient subi une pression latérale.

Ces mouvements se sont effectués à une époque où les couches étaient durcies et devenues cohérentes; elles ne pouvaient donc suivre régulièrement des plissements qui eussent exigé pour une même étendue territoriale, une surface beaucoup plus considérable. Elles ont dû se rompre et se disjoindre dans les parties courbes ; et les étages inférieurs, qui étaient primitivement complétement cachés, peuvent maintenant s'observer dans les fentes plus ou moins larges produites ainsi dans les couches plus récentes.

Plus tard, les phénomènes atmosphériques, et peut-être d'autres agents beaucoup plus énergiques, ont nivelé le sol, l'ont pour ainsi dire raboté, et ont augmenté la largeur des boutonnières.

Il résulte de cette structure que les divers étages forment une série de bandes alternatives, qui, sans être complétement régulières, sont

(1) *Mémoires pour servir à la description géologique des Pays-Bas, etc.,* p. 46.

cependant sensiblement parallèles quand on les considère dans une petite étendue.

Les plissements que je viens de signaler n'ont pas été les seuls résultats des dislocations du sol ; il s'est produit, en outre, de nombreuses failles qui, elles aussi, ont contribué à ramener plusieurs fois au jour les mêmes couches. L'une de ces failles a joué un grand rôle dans la constitution physique et géologique du pays, et mérite une mention toute spéciale. Elle s'étend depuis Liége jusqu'à la frontière de France près de Valenciennes, et se prolonge même probablement plus loin sous le terrain crétacé. La salbande septentrionale est formée par les schistes houillers, le calcaire carbonifère ou le dévonien supérieur et moyen, tandis que la salbande méridionale est le terrain rhénan de Dumont ou le poudingue de Burnot. Ce dernier étage, toujours fortement relevé, constitue, au milieu du plateau anthraxifère, une crête saillante et couverte de forêts qui rappelle tout à fait l'Ardenne.

Si l'on fait une coupe transversale du plateau anthraxifère, en supprimant par la pensée les plissements et les failles, on remarque que les divers étages se présentent sous la forme de cuvettes emboîtées les unes dans les autres, de telle sorte que les plus intérieures sont les plus récentes ; c'est ce que les géologues appellent une disposition en bassin ; de là le nom de *bassin anthraxifère* que je substitue souvent à celui de *plateau*.

Mais la forme du bassin est profondément affectée par la grande faille qui le divise en deux bassins secondaires (voyez fig. 5, pl. II) : le bassin méridional, plus large et plus régulier ; le bassin septentrional, beaucoup plus étroit et plus irrégulier, mais dont l'importance industrielle est bien autrement considérable, puisque c'est lui qui renferme presque toute la houille exploitée en Belgique et dans le nord de la France.

## II. — HISTORIQUE.

*Sommaire.* Travaux antérieurs à ceux de Dumont. — Travaux de Dumont. — Travaux postérieurs à ceux de Dumont.

Monnet, qui le premier tenta, de concert avec Guettard, une description minéralogique de la France, est aussi le premier auteur (1780) qui parle d'une manière scientifique de l'Ardenne et du Hainaut. Il y distingua le pays des charbons, le pays des marbres, et le pays des ardoises (1).

En 1803, M. Dethier fit paraître un opuscule intitulé : *Coup d'œil sur les anciens volcans éteints des environs de la Kill supérieure, avec une esquisse géologique des pays d'entre Meuse, Moselle et Rhin* (2). Je n'ai pas à m'occuper de la première partie, l'esquisse géologique mérite que je m'y arrête. Il divise toute la contrée en deux régions principales : régions du pays plat, régions du pays haut. La première est un pays de plaines, dont le sol est un terrain d'attérissement en couches horizontales : c'est ce que nous appelons maintenant la grande plaine du nord de l'Europe. La seconde région est une contrée d'ancienne formation composée de roches très inclinées, se dirigeant presque toujours du S.-O. au N.-E. Il la divise en trois bandes : la première, houilleuse et calcaire ; la deuxième, schisteuse et quarzeuse : c'est l'Ardenne ; la troisième calcaire et volcanique : c'est l'Eifel.

Coquebert de Montbret adopta les divisions de Monnet dans sa description du département des Ardennes (3), ouvrage très remarquable pour l'époque où il a été fait. Mais tout cela n'était que ce qu'on pouvait appeler de la géographie géologique. Pas un mot des rapports d'ancienneté des couches ; pas un mot de superposition.

C'est en 1808, que M. d'Omalius d'Halloy posa avec précision les

(1) *Atlas et description minéralogique de la France*, entrepris par Guettard et Monnet, publié par Monnet.

(2) Paris, Marchand.

(3) *Journ. des mines*, t. XVI, an XII.

fondements de la géologie du nord de la France (1). Après avoir reconnu comme Monnet, comme Delhier, qu'il existe dans cette contrée deux ordres de terrain, l'un en couches horizontales, l'autre en couches inclinées, plus ancien que le précédent, et s'en distinguant par la plus grande dureté des roches, par l'abondance des filons métalliques et par la présence de fossiles complétement différents des genres actuels, il rapporta les terrains en couches inclinées aux terrains de transition des Allemands et y établit les divisions suivantes de bas en haut :

| | |
|---|---|
| Couches inclinées sans corps organisés. | Formation trapéenne. Ex.: porphyre de Quenast, basalte de l'Eifel, porphyre du Siebengebirge.<br>Formation ardoisière. Ex.: ardoise de Fumay, pierre à rasoir de Salm-le-Château, quarz grenu de l'Ardenne, grès bréchiforme de Weisme (poudingue de Fépin), ardoises de Steinkerque. |
| Couches inclinées avec corps organisés. | Formation bituminifère. Ex.: schistes et brèches rouges, schistes gris, calcaire bituminifère, terrain houiller, schistes alunifères d'Huy. |

Dans le territoire occupé par cette dernière formation, l'auteur reconnaît plusieurs bandes alternatives de calcaire, de grès, de schiste et de houille, mais il n'indique nulle part leurs rapports stratigraphiques, ni leur âge relatif. Il cite cependant, entre la véritable formation bituminifère et la formation ardoisière, une bande transitoire composée de grès, de schistes et de brèches rouges (poudingue de Burnot), qui se rapproche du terrain ardoisier par l'absence de corps organisés et qui a « du rapport avec le terrain bituminifère, parce qu'on trouve au » milieu de ce dernier une chaîne composée à peu près des mêmes » substances.

Trois ans après (2), M. d'Omalius d'Halloy publia une courte notice sur la roche porphyrique de Deville, déjà signalée par M. Coque-

---

(1) *Essais sur la géologie du nord de la France*, par J. J. Omalius d'Halloy, *Journ. des mines*, t. XXIV, 1808.

(2) *Journ. des mines*, t. XXIX, 1811. *Sur l'existence dans l'Ardenne d'une roche particulière contenant du feldspath*, par J. J. Omalius d'Halloy.

bert de Montbret (1). Il avait observé le passage de cette ardoise porphyroïde, comme il l'appelle, à l'ardoise véritable, et il en conclut qu'elle appartenait à la grande formation des ardoises. Plus tard il admit par analogie qu'il en était de même du porphyre de Quesnast.

La même année 1811, M. Bouesnel, ingénieur des mines, fit un mémoire important intitulé : *Mémoire sur le gisement des minerais existant dans le département de Sambre et Meuse* (2). Il débute par quelques observations sur la formation que M. d'Omalius d'Halloy avait nommée bituminifère, établit que le calcaire bituminifère doit sa couleur, non point à du bitume, mais à du charbon. Il fait ensuite remarquer que, tandis que le calcaire alterne avec des bandes de schistes et de poudingue, sans houille, le terrain schisteux à houille « ne se trouve qu'au milieu du calcaire dont il est enveloppé de » toutes parts, et sa configuration semble plutôt celle d'un bassin » rempli que celle d'un système alternant avec les premiers. »

Il en conclut que le calcaire et le terrain schisteux non houiller sont contemporains, tandis que le terrain à houille leur est postérieur. Ce géologue invoque à l'appui de cette opinion cette circonstance, que les deux premières roches renferment des coquilles, tandis que la troisième ne contient que des empreintes végétales inconnues dans les autres. Mais c'est de l'étude des filons qu'il tire les preuves les plus importantes. Il remarque en effet que les filons métalliques, très nombreux dans le calcaire, se poursuivent sans interruption dans le terrain schisteux non houiller, tandis qu'ils ne pénètrent jamais dans le terrain houiller proprement dit.

En 1812 et 1813, M. Bouesnel publia deux autres notes sur les ardoisières de Rimogne et de Fumay (3). Il observe qu'en remontant la Meuse au delà de Givet, on voit des schistes argileux jaunâtres appuyés sur le calcaire bleu, et sur lesquels reposent les ardoises de Fumay. Il en conclut que celles-ci sont postérieures au calcaire. De

(1) *Journ. des mines*, t. XXXVII.
(2) *Journ. des mines*, t. XXIX, 1811, p. 207.
(3) *Journ. des mines*, t. XXXI, p. 249, et t. XXXIII. p 233

plus il réunit ces diverses roches dans une même formation distincte du terrain houiller.

Plus tard les découvertes de la science montrèrent que le terrain houiller avait les liaisons les plus intimes avec les calcaires qui sont en dessous; elles constatèrent que les ardoises étaient bien plus anciennes que les calcaires. Les travaux de M. Bouesnel n'avaient donc conduit qu'à des résultats erronés, et cependant ils eurent beaucoup d'influence parce qu'il reposaient sur des observations précises, mais trop locales et mal interprétées.

M. Clère, ingénieur des mines français, fit paraître en 1814 une description du bassin houiller d'Eschweiler dans le pays de Juliers (1), bassin qui semble n'être qu'une prolongation de celui de la Belgique; il y donne des preuves évidentes de la superposition du terrain houiller sur le calcaire.

En 1828, M. d'Omalius d'Halloy réunit en un seul volume (2) divers mémoires qu'il avait publiés précédemment et donne ainsi une seconde édition de son travail de 1808. Un des résultats acquis par cette nouvelle édition fut de mettre hors de cause le terrain trappéen qui, par la réunion des porphyres de Deville et de Quenast au terrain ardoisier, se trouvait réduit aux porphyres du Palatinat. Pour ceux-ci, M. d'Omalius pense qu'ils ont une origine ignée, et qu'ils se sont fait jour à la fin du terrain houiller.

Passant à l'examen des travaux de M. Bouesnel, il substitue le mot de terrain anthraxifère à celui de bituminifère, mais il ne peut admettre, comme cet habile ingénieur l'avait proposé, la séparation complète de ce terrain et du terrain houiller. S'appuyant sur ce fait indiqué par M. Cauchy, que ce dernier étage est quelquefois recouvert par le calcaire anthraxifère, il lui paraît que « le terrain houiller des Pays-Bas n'est qu'un des derniers membres de la formation du calcaire anthraxifère (3). »

Quant à la grande question de l'antériorité du terrain anthraxifère ou du terrain ardoisier, il est moins affirmatif; il discute les observa-

(1) *Jour. des mines*, t. XXXVI, p. 81.

(2) *Mémoires pour servir à la description géologique des Pays-Bas, de la France et de quelques contrées voisines*, par J.-J. Omalius d'Halloy, Namur, 1828.

(3) *Loc. cit.*, p. 106.

tions de M. Bouesnel, montre que les conclusions qu'il en a tirées ne sont pas fondées, et cependant finit par leur donner la préférence.

Mais l'édition de 1828 ne fit pas moins faire un progrès immense à l'étude de ces contrées. En effet, M. d'Omalius y établit que les nombreuses bandes calcaires, schisteuses, arénacées du terrain anthraxifère peuvent se rapporter à quatre systèmes, qui, en se contournant, se repliant parallèlement les uns sur les autres, simulaient une immense série de couches différentes alternativement calcaires et quarzoschisteuses.

Ces quatre systèmes sont :

1° Calcaire ;
2° Schistes et psammites jaunes ;
3° Calcaire et schistes gris avec filons métallifères ;
4° Poudingues, psammites et schistes rouges.

L'ordre respectif de ces étages étant parfaitement reconnu, restait à établir quel était le plus ancien, le calcaire n° 1 ou le poudingue n° 4. M. d'Omalius avait déjà indiqué en 1808 le passage du poudingue aux ardoises ; il se trouve alors fatalement amené à placer le calcaire n° 1 à la base. Voici, du reste, comme il s'exprime :

« Je suis loin d'avoir des idées définitivement arrêtées sur l'âge » relatif des terrains primordiaux, situés entre l'Escaut et le Rhin, » et bien loin de penser qu'ils forment des coupes nettement tran- » chées, je suis porté à croire qu'ils se confondent plus ou moins » les uns avec les autres, et que plusieurs des systèmes qu'ils com- » posent doivent être considérés comme parallèles plutôt que comme » le résultat de formations successives. Mais s'il fallait absolument » établir un ordre de succession, je dirais que je regarde le calcaire » anthraxifère du Condros, comme le terrain le plus ancien de ces » contrées ; il a été suivi successivement par les schistes et les psam- ᴠ mites jaunes, par le calcaire métallifère, par les poudingues du ter- » rain anthraxifère, par le terrain houiller, par le terrain ardoisier » et par le terrain trappéen (1). »

On voit par cette citation quel était l'état de la question en 1808, des observations locales et incomplètes conduisant aux résultats les

(1) *Loc. cit.*, p. 175.

plus opposés, et comme conséquence le doute pénétrant dans les meilleurs esprits.

Le travail publié par Rozet (1) en 1830 ne fit qu'augmenter la confusion. Il dit bien que les calcaires sont postérieurs aux ardoises, mais ce n'est encore qu'une affirmation dénuée de preuves. Il se refuse, en outre, à admettre les divisions établies par M. d'Omalius dans le terrain anthraxifère, et les remplace par trois autres :

1° Formation du grès rouge ;
2° Formation du calcaire ;
3° Formation des schistes houilliers.

mêlant les schistes à *Spirifer Verneuili* de Givet et les schistes houillers de Liége, le calcaire dévonien de Givet et le calcaire carbonifère de Namur.

Cependant l'Académie de Bruxelles avait mis au concours l'étude de la constitution géognostique de la province de Liége, et en 1830 un rapport de MM. Cauchy, d'Omalius d'Halloy et Sauveur, couronna les débuts d'un jeune homme de dix-neuf ans, du savant qui devait jeter tant de lumière sur la géologie de l'Ardenne. Le mémoire d'André Dumont et la carte géologique qui y est jointe (2) marquent une ère nouvelle dans l'étude de ce pays; tout y est précis, appuyé de preuves. La stratigraphie devient entre les mains de Dumont un instrument sûr; il ne prend pas un renversement local pour une superposition normale, comme l'ont fait ses devanciers.

Ainsi, s'il adopte la division établie par M. Bouesnel en terrain ardoisier, terrain anthraxifère et terrain houiller, il rétablit l'ordre réel de superposition, en montrant, par des preuves évidentes, que le terrain houiller repose sur le terrain anthraxifère et celui-ci sur le terrain ardoisier. Il admet aussi la division du terrain anthraxifère en quatre systèmes, telle que M. d'Omalius l'avait indiquée en 1808. Il prouve de la manière la plus claire, par la carte et par les coupes jointes à son mémoire, que les nombreuses bandes alternativement calcaires et quarzoschisteuses sont dues à des plissements, et que toutes ces couches sont disposées en bassins plus ou moins réguliers,

(1) *Note géognostique sur quelques parties du département des Ardennes et de la Belgique* (Ann. des sc. nat., 1re série, t. XIX, fév. 1830).

(2) *Mémoires couronnés et Mémoires des savants étrangers de l'Académie de Bruxelles*, t. VIII, 1832.

vérités qui n'avaient été qu'entrevues par M. d'Omalius. Il poussa
même la dissection du sol jusqu'à ses dernières limites, et il établit
dans chaque système de nombreuses subdivisions :

I. Terrain ardoisier.
  1. Système inférieur.
  2. Système supérieur.
II. Terrain antraxifère.
  1. Système quarzoschisteux inférieur.
    a. Étage inférieur : schistes et psammites gris.
    b. Étage supérieur : schistes et psammites rouges avec poudingue.
  2. Système calcareux inférieur.
    c. Étage inférieur : calcaire.
    d. Étage moyen : dolomie.
    e. Étage supérieur : calcaire.
  3. Système quarzoschisteux supérieur.
    f. Étage inférieur : schistes argileux.
    g. Étage supérieur : psammites grisâtres.
  4. Système calcareux supérieur.
    h. Étage inférieur : calcaire.
    i. Étage moyen : dolomie.
    k. Étage supérieur : calcaire.
III. Terrain houiller.
    l. Étage inférieur : phtanite et schistes alunifères.
    m. Étage supérieur : schistes et grès avec houille.

Lorsque, en 1835, la Société géologique de France se réunit à
Mézières en séance extraordinaire, et se rendit de là à Namur en
suivant le cours de la Meuse, elle put apprécier les difficultés que
Dumont avait eu à surmonter, et la précision des résultats auxquels
il était arrivé.

Jusqu'alors Dumont s'était peu occupé du terrain ardoisier qui était
encore dans une grande confusion ; mais il venait d'être chargé par le
gouvernement belge d'exécuter une carte géologique de la Belgique.
Il se mit résolûment à l'œuvre, et, l'année suivante 1836, il exposa
ses premières vues sur ce terrain (1) ; il le divisa en trois systèmes, et

(1) *Bull. de la Soc. géol. de France*, 1re série, t. VIII, 1836.

de plus il ajouta un nouveau membre à l'étage quarzoschisteux inférieur du terrain anthraxifère, pour des schistes grisâtres, avec bancs
calcaires, très fossilifères, situés entre les grès et schistes rouges et le
système calcareux. L'absence presque complète de cet étage dans
la province de Liége explique comment il lui avait échappé dans son
premier travail.

En 1847 et 1848 parurent les *Mémoires sur les terrains ardennais et rhénan* (1), puis, dans les années suivantes, la carte géologique dont ils étaient l'explication.

Le fait le plus saillant de ces travaux est la distinction d'un certain nombre de couches, qui jusque-là avaient été négligées, ou qui
avaient été rangées soit dans le terrain ardoisier, soit dans le terrain
anthraxifère ; il en fit un terrain intermédiaire, qu'il nomma *terrain
rhénan*, et qu'il divisa en trois systèmes. Le terrain ardennais, formé
du reste du terrain ardoisier, fut aussi partagé en trois systèmes,
qui n'avaient rien de commun avec les divisions établies en 1836.

La classification du terrain de transition, adoptée dans la carte de
Belgique, est donc la suivante :

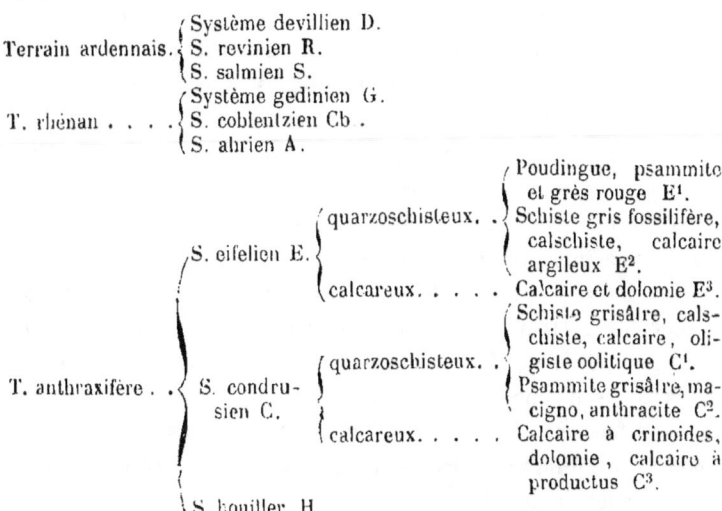

Terrain ardennais. : Système devillien D. / S. revinien R. / S. salmien S.

T. rhénan . . . . : Système gedinien G. / S. coblentzien Cb . / S. ahrien A.

T. anthraxifère . . :

S. eifelien E. :
  quarzoschisteux. . : Poudingue, psammite et grès rouge E¹. / Schiste gris fossilifère, calschiste, calcaire argileux E².
  calcareux. . . . . : Calcaire et dolomie E³.

S. condru-sien C. :
  quarzoschisteux. . : Schiste grisâtre, cals-chiste, calcaire, oli-giste oolitique C¹. / Psammite grisâtre, macigno, anthracite C².
  calcareux. . . . . : Calcaire à crinoïdes, dolomie, calcaire à productus C³.

S. houiller H.

On voit que, pour le terrain anthraxifère à la classification établie
par M. d'Omalius d'Halloy, Dumont substituait deux systèmes di-

(1) *Mem. de l'Acad. de Bruxelles* t. XX, 1847 et t. XXII, 1848.

visés en six étages, et les divisions primitives n'existaient plus que comme intermédiaires. S'il s'y arrête comme divisions extrêmes dans sa petite carte de la Belgique et des contrées voisines (1854) et dans sa carte d'Europe (1857), c'est probablement parce que l'échelle de ces cartes était trop petite pour permettre d'entrer dans plus de détails. De plus, les schistes houillers, au lieu de former un terrain indépendant du terrain anthraxifère, en deviennent une division.

J'ai voulu réunir dans un même cadre tous les travaux de Dumont. Pendant cette période de vingt-cinq ans qui s'était écoulée depuis la publication du *Mémoire sur la constitution géognostique de la province de Liége*, d'autres géologues s'étaient occupés de la même question en suivant une voie toute différente. Dumont s'était enfermé dans la Belgique comme dans un monde à part ; il inventa pour cette contrée et à son usage particulier une classification et une terminologie toutes spéciales ; si plus tard, il jeta un coup d'œil autour de lui, ce fut pour tenter d'appliquer aux pays étrangers l'échafaudage qu'il venait de créer.

Les géologues dont il me reste à analyser les travaux suivirent un règle de conduite diamétralement opposée ; ils étudièrent avec soin les terrains analogues dans les contrées où ils étaient connus, et vinrent leur comparer les diverses couches de la Belgique. Quelques-unes des analogies qu'ils établirent étaient si évidentes, qu'elles n'avaient pas pu échapper aux premiers observateurs : telles étaient celles des terrains houillers de Belgique, d'Angleterre et du Boulonnais ; du marbre anthraxifère de Belgique, et du calcaire que les Anglais appellent *Mountain limestone* ; du poudingue rouge de Burnot et de l'*Old red sandstone* ; des ardoises de Fumay et de celles d'Angers ; de certains grès des Ardennes et de la grauwacke de l'Allemagne. Monnet, M. d'Omalius, Rozet et d'autres, les avaient signalés ; mais c'étaient des aperçus vagues dénués de toute espèce de preuves. Le premier géologue qui entreprit d'une manière sérieuse une comparaison de ce genre est un Anglais, le docteur Buckland : c'est qu'en effet l'étude des terrains de transition était plus avancée en Angleterre que sur le continent (1).

(1) Il faut toutefois en excepter la Belgique. Les travaux de M. d'Omalius avaient précédé ceux des géologues anglais ; nul doute que si ce savant n'avait été détourné de ces études scientifiques par des circonstances politiques, s'il

M. Sedwich venait de créer le terrain cambrien pour les couches inférieures de l'ancien terrain de transition. Le *silurian system* n'était pas encore publié, mais on connaissait les résultats auxquels M. Murchison étaient parvenu ; on savait qu'il avait séparé du *Mountain limestone* des schistes et des calcaires dont ils faisaient le terrain silurien. Aussi Buckland, en annonçant ces bonnes nouvelles à la Société géologique de France, lors de la réunion extraordinaire de Mézières en 1835, s'empressa-t-il d'établir le parallélisme suivant entre la nouvelle classification anglaise et celle de Dumont (1) :

| TERRAINS D'ANGLETERRE. | TERRAINS DE L'ARDENNE. | |
|---|---|---|
| Coal measures. | Terrain houillier. | |
| Mill'stone grit. | Manque. | |
| . . . . . . . . . . . . | Phtanite. | |
| Moutain or carboniferous limes-tone. | Système calcareux supérieur. | \ |
| ⌐ Old red sandstone. | Manque. | Terrain anthraxifère. |
| ⌠ Ludlow rocks. | Système quarzoschisteux supér. | |
| Terrain silurien. ⌡ Dudley and Plymouth rocks. | S. calcareux inférieur. | |
| ⌡ Caradoc sandstone and conglo-merats, | S. quarzoschisteux inférieur. | |
| ⌞ Bruilt and Llandeilo flags. | Manque. | / |
| Système cambrien. | Terrain ardoisier. | |

Toutefois M. Greenoug fit observer dans la même séance que le système calcareux inférieur ne contenait pas les trilobites du calcaire de Dudley, et notamment la *Calymene Blumenbachii*; et qu'il semblait avoir des rapports plus intimes avec le système calcareux supérieur que le calcaire de Dudley avec le *Mountain limestone*.

La comparaison de Buckland fut généralement admise. Dufrénoy la prit pour base de son mémoire sur la Bretagne (2). Il faut dire cependant que Rozet et Constant Prévost protestèrent contre l'assimilation du poudingue de Burnot au grès de Caradoc (3); ils continuèrent à y voir le représentant du vieux grès rouge.

avait pu appliquer aux corps organisés fossiles si nombreux dans son pays, les connaissances qu'il avait dans les autres branches de l'histoire naturelle, nul doute, dis-je, que la Belgique n'eût enlevé à l'Angleterre l'honneur de servir de type aux divers étages des terrains primaires.

(1) *Bull. de la Soc. géol.*, 1re série, t. VI, p. 334.
(2) *Id.*, 1re série, t. X, p. 52.
(3) *Id.*, 1re série, t. XI, p. 84.

M. Murchison, partant de considérations paléontologiques, créa en 1839 le nom de terrain dévonien pour le vieux grès rouge et pour des couches calcaires qui lui correspondent dans le Devonshire. L'année suivante, dans un mémoire qui fait époque dans la science, et qui, d'abord résumé dans le *Bulletin de la Société géologique de France* (1), fut développé dans les *Transactions de la Société géologique de Londres* (2), il rapporte à ce terrain dévonien les trois divisions inférieures du terrain anthraxifère de Dumont, et il considère le terrain ardoisier comme devant correspondre, au moins pour la plus grande partie, au terrain silurien.

La classification et les assimilations du géologue anglais furent adoptées par tout le monde et reproduites dans l'explication de la carte géologique de France.

| CLASSIFICATION DE DUMONT. | CLASSIFICATION DE MURCHISON. |
|---|---|
| Ardoisier . . . . . . . . . . . . . . . . . | Silurien. |
| Anthraxifère. . . . . . { Quarzoschisteux inférieur. <br> Calcareux inférieur. . . <br> Quarzoschisteux supérieur. <br> Calcareux supérieur . . } | Dévonien. |
| Houiller. . . . . . . . . . . . . . . . . . | Carbonifère. |

Lorsque Dumont eut montré que l'on devait intercaler entre le terrain ardoisier et le terrain anthraxifère toute une série de couches, il fallut loger ce nouvel hôte dans la série géologique. M. Delanoue (3) en fit du silurien, M. de Koninck (4) le rangea tout entier dans le dévonien. M. Scharpe (5) et M. Murchison (6) le divisèrent en deux, ils mirent les deux étages supérieurs dans le terrain dévonien et l'étage inférieur dans le terrain silurien. Enfin M. Hébert (7) démontra par la comparaison avec les couches dévoniennes de Néhou que la partie inférieure du terrain rhénan, et par consé-

(1) *Bull. de la Soc. géol.*, 1re série, t. XI, p. 229.
(2) Sedwich et Murchison, *Soc. géol. de Londres*, 2e série. t. VI, p. 281.
(3) *Bull. de la Soc. géol.*, 2e série, VII, p. 367, 1850.
(4) *Abrégé de géol.* de M. d'Omalius d'Halloy, 1853, p. 542.
(5) *Quarterl Journ. geol. Soc. Lond.*, 1853, t. IX, p. 18.
(6) *Siluria*, p. 382, 1854.
(7) *Bull. de la Soc. géol.*, 2e série. t XII, p. 1185, 1855.

quent, ce terrain tout entier, doivent être rangés dans le terrain dévonien.

Les travaux, dont il a été question jusqu'ici, prenaient comme
point de départ les divisions adoptées par Dumont et cherchaient à
les interpréter, ou pour mieux dire, à les traduire en langage connu
de tous les géologues. Plusieurs savants, cependant, établirent une
classification du terrain dévonien de Belgique indépendante de celles
qu'avaient données MM. d'Omalius d'Halloy et Dumont : ce sont les
frères Rœmer et M. de Koninck. J'analyserai, quelques pages plus
loin, les mémoires des premiers qui sont spéciaux aux environs de
Couvin. M. de Koninck n'a malheureusement rien publié sur le terrain dévonien, et nous ne connaissons les opinions de ce savant pa-
léontologiste que par le résumé donné dans le *Siluria* (1). Nous y
voyons que M. de Koninck adopte les étages suivants :

*Silurien* inférieur, comprenant le terrain ardennais de Dumont et même le
        système gédinien.

*Dévonien.*
- inférieur. .
  - Quarzites et conglomérats avec *Orthis.*
  - Schistes avec *Sp. macropterus, Sp. cultrijugatus* (co-
    blentzien et ahrien de Dumont).
- moyen . .
  - Poudingue de Burnot.
  - Calcaire avec fossiles de l'Eifel.
  - Lits minces de calcaire avec *Calceola sandalina.*
  - Calcaire à Strigocéphales.
- supérieur .
  - Schistes calcaires avec nodules, Clyménies, Gonia-
    tites, Récéptaculites, etc.
  - Schistes brunâtres alternant avec des bancs de cal-
    caire et de dolomie. *Sp. Verneuili* (Rhisne, Huy,
    Chaudefontaine, Philippeville).

(1) *Siluria*, 2ᵉ édit., 1859, p. 423 et suiv.

## II. DESCRIPTION DES ÉTAGES.

### A. — POUDINGUE DE BURNOT (1).

*Sommaire.* Description générale. — Composition minéralogique. — Disposition des couches. — Plissements. — Détails locaux : diminution d'épaisseur de l'étage et disparition du poudingue sur le bord sud. — Age géologique.

Le poudingue de Burnot forme autour du bassin méridional de Belgique une enceinte continue qui le sépare, tant du bassin septentrional, que du bassin anthraxifère d'Aix-la-Chapelle ; il s'étend en ligne droite du bois d'Angre, près de la frontière de France, jusqu'aux environs de Liége ; puis il se dirige au S. de Pépinster à Aywaille, au S.-O. de ce dernier endroit jusqu'au delà de Rochefort, et enfin à l'O., pour aller se perdre à Fourmies sous les terrains secondaires.

De toutes parts il s'enfonce sous les couches dévoniennes plus récentes. Au S. et à l'E. il repose en stratification concordante sur la grauwacke, mais au N., une faille dont il va être question l'a mis en contact avec des terrains plus récents ; cependant quelquefois les dislocations du sol ont amené au jour la grauwacke sur laquelle il vient alors s'adosser. En tout cas, il forme presque exactement la limite méridionale du bassin houiller de la Belgique. Ce fait, déjà signalé par M. Élie de Beaumont, a une grande importance industrielle, car il n'est certainement pas spécial à la Belgique ; le poudingue de Burnot doit coudoyer le bassin houiller dans son prolongement en France (2). Dès lors si, dans des travaux de sondage, on arrive sur les roches de cet étage, on peut être assuré que le terrain houiller n'est pas loin, et qu'on le rencontrera en faisant des recherches un peu plus au nord.

(1) Bien que le poudingue de Burnot ne forme pas la base des terrains dont j'entreprends la description, j'ai cependant jugé à propos de commencer par son étude, afin d'avoir un point de départ fixe et non sujet à conteste, et aussi parce que je ne parlerai que d'une manière sommaire des couches qui lui sont inférieures dans l'Ardenne.

(2) M. Delanoue l'a cité à Valenciennes à quelques mètres du sol.

J'ai dit, quelques lignes plus haut, que le poudingue de Burnot, après avoir eu une direction générale, O.-S.-O. à E.-N.-E. du bois d'Angre à Liége, en prenait ensuite une du nord au sud; il ne faudrait pas croire cependant que la ligne de séparation du poudingue et du calcaire dévonien, qui lui est superposé, s'étende régulièrement du nord au sud. Il a pu en être ainsi lorsque les couches venaient de se déposer, et n'avaient encore éprouvé aucune dislocation. Mais plus tard il s'est produit une série de plissements, qui ont fait que les deux couches s'enchevêtrent l'une dans l'autre comme deux roues d'un engrenage, et que leur limite actuelle est une ligne en zigzag. Si l'on marche vers l'est, on voit les plis formés par le poudingue devenir moins profonds, se rétrécir par le rapprochement des bords, et le calcaire qui est à l'intérieur diminue de plus en plus jusqu'à ce qu'il cesse complétement. Si l'on se dirige au contraire vers l'ouest, le pli s'élargit; ses bords s'abaissent, et finissent par disparaître sous le calcaire, qui forme alors une zone continue.

Ce mode de jonction de deux étages par enchevêtrement n'est pas propre à la ligne de démarcation du poudingue de Burnot et du calcaire dévonien. Il se produit toutes les fois que la direction des plissements est perpendiculaire à celle des anciens rivages, et j'aurai occasion de le citer souvent dans le cours de ce travail.

L'étage du poudingue de Burnot se compose de schistes, de psammites et de grès avec des bancs intercalés de poudingue. La couleur de ces roches est généralement rouge ; quelquefois elle est d'un vert foncé. Le poudingue est la roche la moins abondante, mais aussi la plus remarquable. Il est formé de galets souvent volumineux de grès et de quarzite rouges et verts, de grains plus fins de quarz hyalin gras, le tout réuni par un ciment siliceux ou argilo-siliceux. Quelques variétés, composées de grains pisaires de quarz gras agglutinés par un ciment siliceux abondant, sont employées pour fabriquer des meules et pour construire des hauts fourneaux. Une autre variété, également employée pour les meules, est formée de galets très gros et très abondants de quarz gras, qui donnent à toute la roche un aspect blanc-grisâtre. Elle est exploitée près d'Huy.

Le poudingue de Burnot est presque toujours affecté de plissements, de contournements qui en compliquent l'étude. On peut s'en
faire une idée par la coupe prise sur le chemin de fer du Nord, entre
Fontaine-Valmont et Lobbes.

*Coupe du poudingue de Burnot sur le chemin de fer du Nord,*
*entre Fontaine-Valmont et Lobbes.*

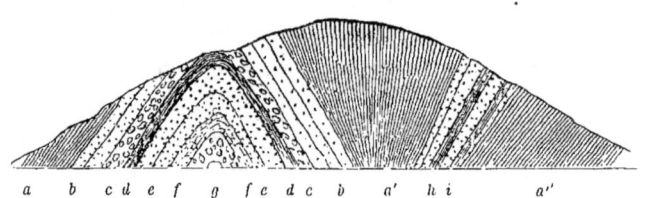

*a*    *b*    *c d e f*    *g*    *f e d c*    *b*    *a' h i*    *a''*

| | | |
|---|---|---|
| *a.* Schistes rouges inclinés S. 10° O = 45°. 1ᵐ | *g.* Poudingue . . . . . . . . . . . . . 3ᵐ | |
| *b.* Grès rougeâtre à gros grains. . . . . | *a'.* Schistes rouges . . . . . . . . . . 40 | |
| *c.* Poudingue . . . . . . . . . . . . { 4 | *h.* Grès à gros grains poudingiformes. . 4,50 | |
| *d.* Schistes verdâtres à grains fins. . . . . 1,20 | *i.* Grès et schistes verdâtres . . . . . . 4 | |
| *e.* Grès rougeâtres à gros grains. . . . . . 1 | *a''.* Schistes rouges. . . . . . . . . . 6 | |
| *f.* Grès schistoïdes verdâtres à grains très fins 1,20 | | |

En raison même des plissements que nous venons d'indiquer, il est
très difficile d'observer exactement les positions réciproques des divers éléments qui composent cet étage, et d'évaluer sa puissance
totale.

La coupe de l'Honeau, dans le bois d'Angre, est celle qui donne
sur ce point les idées les plus nettes. Quoique la roche soit très souvent cachée par la végétation, comme tous les affleurements, que j'ai
pu observer, ont la même inclinaison, les plissements ne s'y sont
probablement pas fait sentir.

Le poudingue y forme un rocher très pittoresque, qualifié par les
gens du pays des noms de *Caillou qui bique, Château du Diable.*
Il est séparé du calcaire dévonien par des grès schistoïdes, grisâtres,
dans lesquels on trouve quelques fossiles. Si l'on descend le cours de
l'Honeau, on remonte la série des couches, et l'on trouve des grès quarzeux rouges alternant avec des schistes rouges ; pour quelques lits,
la couleur rouge est remplacée par une couleur verdâtre. L'inclinaison y est en moyenne de 45° vers le S., 5° O., et comme ces couches

se montrent sur une distance de 1 600 mètres, leur épaisseur approximative est de 1 100 mètres. Mais dans la coupe que je viens d'indiquer, on ne voit pas la base de l'étage. Sous les roches du bois d'Angre, viennent les schistes rouges qui forment un escarpement pittoresque au pied de l'église de Montigny-sur-Roc ; puis les grès de même couleur exploités au N. de ce village, dans les carrières si célèbres par les fossiles crétacés qu'elles ont fournis à M. Léveillé et à tant d'autres géologues. Ces grès rouges reposent à Wiheries, sur des quarzites gris que Dumont rapporte à son système coblentzien, mais que je réunis au poudingue de Burnot, à cause de leur nature siliceuse. On peut encore ajouter 1 100 mètres pour toute cette partie située au N. du moulin d'Angre, ce qui donne, pour l'épaisseur totale du poudingue de Burnot, environ 2 200 mètres.

Dans la faille de la Meuse, entre Dave et fond de Lustin, il a 1 750 mètres de puissance.

Dans les environs d'Huy, sur les bords du Hoyoux, l'étage qui nous occupe présente la coupe suivante : (*Voir* fig. 6, pl. II.)

1. Schistes et grès schistoïde verdâtres.

2. Schistes et quarzite gris avec petites veines de quarz, et de temps en temps une petite couche de schiste couleur lie de vin.

3. Grès siliceux verdâtre (grès à paver) avec une couche de schiste rouge intercalé.

4. Schistes verdâtres.

5. Grès rouges et poudingue.

6. Schistes rouges.

7. Grès et poudingue.

8. Poudingue à éléments très gros et très abondants de quarz hyalin gras.

9. Poudingue blanchâtre à grains moyens ; au-dessus vient le calcaire eifelien.

Je rapporte à l'étage du poudingue de Burnot les huit dernières couches, ce qui lui donne une épaisseur de 1 200 mètres.

On voit que le poudingue, qui se trouve encore à la partie supérieure, n'est plus séparé du calcaire dévonien par des grès fossilifères comme au bois d'Angre.

Les roches rouges sont aussi très développées aux environs de

Liége et de Pepinster, où elles constituent la crête qui sépare le bassin primaire de la Belgique de celui d'Aix-la-Chapelle. Le poudingue y occupe généralement la partie supérieure de l'étage. Il forme à Pepinster une couche très épaisse qui s'élève perpendiculairement comme un mur et qui est connu dans le pays sous le nom de *Mur du Diable*. A Rémouchamps, des grès rouges et des schistes le séparent du calcaire et sont même intercalés entre les bandes de poudingue.

Dans ces contrées, il est impossible de déterminer, même approximativement, la puissance de l'étage, à cause des nombreux plissements dont il est affecté. On peut cependant constater qu'elle est moindre que sur la lisière nord, et qu'elle va toujours en diminuant à mesure qu'on s'avance vers le S.-O. En même temps le poudingue devient moins grossier ; à Hampteau sur l'Ourthe, il est réduit à l'état de grès siliceux à gros grains avec quelques rares galets. Au sud de ce point, le poudingue disparaît, mais les grès et les schistes rouges se continuent tout autour du bassin jusqu'à Fourmies. On y distingue encore, sur les bords de la Meuse, entre Vireux et Givet, un grès siliceux verdâtre à gros grains, qui se trouve vers la partie supérieure ; il représente le poudingue (1).

En cet endroit on peut estimer l'épaisseur des roches rouges à 400 mètres. Au S. de Couvin, sur l'Eau noire, elles ont à peine 350 à 375 mètres. A Fourmies, la partie visible des grès rouges est beaucoup moindre encore ; mais dans cette localité il y a des difficultés stratigraphiques, et l'on ne peut pas établir de calcul même approximatif sans craindre de se tromper. Il est probable que si on pouvait prolonger les études à l'ouest, sous les terrains secondaires, on verrait bientôt cet étage disparaître complétement.

Toutes ces roches ont une telle analogie par leur couleur, que jamais un géologue ne les a séparées ; au contraire, on y a souvent réuni d'autres assises qui présentaient la même coloration, bien que leur position stratigraphique fût différente.

(1) Voir la coupe que j'ai donnée, *Bull. de la Soc. géol.*, 2<sup>e</sup> série, t. XIV, p. 371.

M. d'Omalius d'Halloy, et après lui MM. Élie de Beaumont, Dumont et Mengy, ont fait du poudingue de Burnot l'étage inférieur du
terrain anthraxifère. Les raisons qui ne me permettent pas de me rallier
complétement à cette opinion ne peuvent être comprises maintenant ;
je les exposerai à la fin de ce travail, mais nous pouvons dès à
présent chercher dans les faits la position relative du poudingue de
Burnot dans la série dévonienne.

On n'a jamais cité de fossiles bien constatés dans les roches rouges
du poudingue de Burnot; le seul point qui en ait fourni est le grès
gris schistoïde du bois d'Angre. M. Hébert a indiqué les espèces
suivantes :

| | |
|---|---|
| *Dolabra Hardingii.* | *Productus Murchisonianus.* |
| *Avicula fasciculata.* | *Spirifer* voisin du *Bouchardi.* |

L'*avicula fasciculata* est citée par Goldfuss de la grauwake d'Ems
et de Nassau. Le *Spirifer*, qui a de commun avec le *Bouchardi*
l'existence du sillon au milieu du sinus, s'en distingue par sa forme
plus gibbeuse, plus ailée, ses côtes plus nombreuses et surtout sa
taille plus considérable. Le *Productus Murchisonianus* et la *Dolo-
bra Hardingii* se trouvent dans le dévonien supérieur d'Angleterre ;
mais ici les relations stratigraphiques s'opposent à ce qu'on fasse
monter le schiste qui les renferme au-dessus du calcaire de Givet :
on ne peut donc tirer aucune conclusion certaine de cette liste.
Ajoutons enfin que ces fossiles ne sont que des moules mal conservées, difficiles à déterminer, et l'on comprendra que la paléontologie ne nous fournit aucun aide pour fixer l'âge du Poudingue
de Burnot.

Recourons à la stratigraphie et constatons d'abord que les roches
rouges sont inférieures aux schistes à calcéoles, comme on peut le voir
depuis Ozo près Barvaux, jusqu'à Fourmies. (*Voir* la coupe de Couvin
de Marienbourg, fig. 12, pl. III, et celle de la Houille, fig. 13, pl. III).
Lorsqu'elles supportent directement le calcaire eifelien, il y a toujours
une ligne de démarcation tranchée. Au contraire, partout où elles
sont recouvertes par les schistes à calcéoles, il y a comme un passage
minéralogique entre ces deux étages par des grès noir-grisâtre, très
siliceux, pénétrés de petits filons de quarz, qui alternent avec des

schistes noirâtres fort semblables aux schistes à calcéoles et renfermant quelques empreintes de fossiles (*Leptœna semiradiata*). Quant à la limite inférieure de cet étage, il en sera question plus tard ; mais on peut dès maintenant regarder comme démontré, que le poudingue de Burnot se trouve entre les schistes à calcéoles et le terrain rhénan de Dumont. Sous ce rapport, je me range entièrement à l'opinion de M. d'Omalius d'Halloy.

## B. — COUCHES INFÉRIEURES AU POUDINGUE DE BURNOT.

### 1° TERRAIN RHÉNAN ET ARDENNAIS DE L'ARDENNE.

*Sommaire.* Système ahrien. — Système coblentzien. — Système gédinien. — Indépendance de ces systèmes. — Réunion du système ahrien à l'étage du poudingue de Burnot. — Terrain ardennais.

*Système ahrien.* — Au sud de Couvin, les schistes rouges reposent sur des grès d'un noir verdâtre très siliceux renfermant fréquemment de petites veines de quarz, comme les grès rouges du poudingue de Burnot. Ces grès forment, d'après Dumont, une bande continue depuis les environs de Couvin jusqu'auprès d'Harzé. Plus au nord ils disparaissent ou se confondent avec les étages environnants. A l'ouest de Bourlers, près de Couvin, on ne peut non plus les observer, soit qu'ils disparaissent de même, ou qu'ils soient cachés par des roches plus récentes. Ils sont le siège d'exploitations importantes de pavés à Montigny-sur-Meuse et en face d'Aubrive.

Dumont leur a donné le nom de système ahrien. Sans décider si ce nom est bien choisi, si les grès et la grauwacke d'Ahrweiler et du Schneeifel correspondent géologiquement aux grès de Montigny-sur-Meuse, je conserverai le nom de grès ahrien à ces derniers.

Dans une publication précédente j'ai cité les fossiles que j'y avais rencontrés, ce sont :

| | |
|---|---|
| *Homalonotus crassicauda.* | *Chonetes sarcinulata.* |
| *Terebratula Oliviani.* | *Ch. plebeia.* |
| *T. sub-Wilsoni.* | |

Ces fossiles indiquent nettement que c'est du dévonien inférieur.

*Système coblentzien.* — L'étage inférieur au système ahrien a reçu de Dumont le nom de coblentzien ; il y a établi les divisions suivantes :

| | | |
|---|---|---|
| Système coblentzien. | Étage hundsrückien. | Partie supérieure, roches schisteuses ou phylladeuses. |
| | | Partie inférieure, roches quarzeuses, fossiles abondants. |
| | Étage taunusien. | |

Mais ce savant n'a pas donné les caractères à l'aide desquels on peut reconnaître ces divers étages, qui tous se composent de grès, d'arkose, de quarzophyllade, de schistes et de phyllade. Comme, du reste, ces divisions ne sont pas indiquées dans sa carte, il est très difficile, lorsqu'on est sur le terrain, de reconnaître à quel groupe on a affaire. Je n'y ai réussi que sur quelques points, mais cela m'a suffit pour établir que les étages hundsrückien et taunusien avaient une même faune. En effet, au sud de Couvin à Fond de l'Eau sur l'Eau noire, on voit au-dessous des grès ahriens, de la grauwacke brunâtre, que Dumont a placée dans son hundsrückien supérieur. On y trouve de nombreux fossiles, entre autres :

*Pleurodyctium problematicum.*     *Terebratula Daleidensis.*
*Leptœna Murchisoni.*

Si l'on continue à se diriger au sud, en remontant le ruisseau du Prince, ou même la route de Couvin à Rocroy, on trouve un grès grisâtre incliné au S. 25° E. Ce grès peut se suivre à l'ouest jusqu'à Anor où il est exploité. M. Hébert a donné une liste des fossiles recueillis par lui dans les carrières d'Anor (1). Les principaux sont :

*Avicula lamellosa.*     *Terebratula undata.*
*Leptœna Murchisoni.*     *Spirifer macropterus.*

Les mêmes grès, qui sont pour Dumont le type du taunusien, se trouvent alternant avec des schistes au nord d'Anor, sur les routes de Fourmies et d'Ohain. M. Meugy m'a montré un *Pleurodyctium problematicum* qu'il y avait trouvé.

Dans le travail que je viens de citer, M. Hébert a montré que la

(1) *Loc. cit.*, p. 1174.

faune des grès d'Anor correspondait à celle de Néhou, à celle de la grauwacke d'Ems, et devait être rapportée au dévonien inférieur.

A l'ouest de Couvin on retrouve facilement les grès taunusiens, car ils fournissent de bons pavés et sont le siége d'une exploitation active. Ainsi il y a des carrières dans le village de Montigny-sur-Meuse, au sud de Landrichamps (département des Ardennes). Dans ce village il y a aussi une carrière de grès alternant avec des schistes comme ceux de la route d'Ohain à Anor. A l'est de Masbourg (Luxembourg belge), sur la route de Nassogne à Saint-Hubert, les grès alternent à leur partie supérieure avec des schistes noirs, où j'ai recueilli les fossiles suivants :

| | |
|---|---|
| Leptœna Murchisoni. | Chonetes plebeia. |
| — depressa. | |

*Système gédinien.* — Dumont a donné à l'étage inférieur le nom de gédinien, et il y a établi les coupes suivantes, très faciles à distinguer par leurs caractères minéralogiques :

Système gédinien.
- Étage supérieur.
  - Schiste et phyllade vert.
  - Schiste et phyllade rouge bigarré.
  - Schiste et phyllade vert.
- Étage inférieur.
  - Groupe supérieur : schiste fossilifère.
  - Groupe inférieur : poudingue.

Le poudingue est certainement la roche la plus remarquable de l'étage. Tel qu'on le trouve à Fépin, sur la Meuse ; à la forge du Pied-Brulard, sur l'Eau noire ; à Mondrepuits (Aisne), il est formé de petits grains de quarz hyalin, de la grosseur d'un pois, réunis par un ciment siliceux. Dans quelques cas, ce ciment est si abondant qu'il noie pour ainsi dire les grains de quarz et que la roche passe au quarzite ; c'est ce qui a lieu à la forge du Pied-Brulard. On voit toujours dans le voisinage des bancs de cette nature des filons de quarz gras, dont l'existence témoigne des injections siliceuses.

Souvent à Fépin, par exemple, les bancs de poudingue sont séparés par des schistes stéatiteux verdâtres. Cette substance pénètre aussi entre les grains du poudingue et communique à la roche un aspect verdâtre. Ainsi le poudingue transformé en quarzite, vis-à-vis la forge du Pied-Brulard, a une couleur verte très prononcée.

En 1847, dans son mémoire sur le terrain rhénan, Dumont montra que le poudingue de Fépin repose en stratification discordante sur les tranches du terrain ardennais; il fut ainsi amené par des considérations stratigraphiques, à diviser en deux le terrain ardoisier, et il plaça le système gédinien dans le terrain rhénan.

M. Hébert confirma ces vues en 1855 (1), et leur donna l'appui de preuves paléontologiques. Il recueillit à Mondrepuits, dans les schistes fossilifères supérieurs au poudingue, les espèces suivantes :

| | |
|---|---|
| *Dalmanites.* | *Chonetes sarcinulata.* |
| *Homalonatus.* | *Orthis*, deux espèces. |
| *Grammysia Hamiltonensis.* | *Cœlaster constellata.* |
| *Spirifer* voisin du *sulcatus.* | *Tentaculites ornatus?* |
| *Spirifer micropterus?* | |

De cet ensemble de fossiles, il conclut, comme Dumont (2), que le système gédinien appartient au dévonien inférieur.

On peut calculer approximativement la puissance du terrain rhénan, sur les bords de la Meuse, entre Fépin et Vireux; il y a une largeur de 6 kilomètres et une inclinaison moyenne de 45°, ce qui lui donne une épaisseur de 4000 mètres.

Il appartient tout entier par sa faune au dévonien inférieur. Entre la Meuse et la petite Helpe, il se divise naturellement en trois étages distincts par leurs caractères minéralogiques et paléontologiques. On pourra se convaincre de cette dernière assertion en parcourant les listes de fossiles que j'ai indiquées. A l'exception de l'*Orthis sarcinulata* ou *plebeia*, je n'ai pas encore trouvé un fossile passant d'un étage dans un autre ; mais je suis loin d'affirmer qu'il en est de même à l'ouest de la Meuse dans l'Eifel et sur les bords du Rhin, partout enfin où Dumont a établi ses divisions.

Cependant dans ces derniers temps, l'autonomie de l'étage ahrien a été vivement attaquée par un grand nombre de géologues : les uns ont voulu le réunir à l'étage coblentzien, d'autres au poudingue de Burnot. Cette dernière opinion me paraît très probable. Le grès ahrien comme celui du poudingue de Burnot est très siliceux, pénétré de

(1) *Mém. de la Soc. géol. de France*, 1re série, t. III.
(2) *Loc. cit.*, p. 1171.

veines de quarz, il n'en diffère que par la couleur, souvent même on voit, au milieu des roches rouges, des grès noirs qu'il est tout à fait impossible de distinguer des véritables grès ahriens. Si l'on ajoute enfin que le grès ahrien est d'autant plus développé que les roches rouges sont plus réduites, on sera amené à réunir ces deux assises sans tenir compte de la différence de couleur qu'elles présentent.

*Terrain ardennais.* — Il me resterait pour terminer l'étude des couches qui constituent le sol de l'Ardenne, à parler du terrain ardennais proprement dit; mais jusqu'à ce jour mes observations ne me permettent pas d'asseoir un jugement quelconque sur les travaux de Dumont; je me bornerai donc à donner la classification que cet illustre géologue a cru devoir y établir.

Terrain ardennais.
- Système salmien ayant pour type le schiste coticule ou pierre à rasoir des environs de Salm.
- Système revinien caractérisé par les quarzites des environs de Revin.
- Système devillien auquel appartiennent les ardoises de Deville et Fumay.

Tous les géologues sont d'accord aujourd'hui pour considérer le terrain ardennais de Dumont comme appartenant au terrain silurien, bien que l'on n'y ait pas encore trouvé de fossiles authentiques.

## 2° TERRAIN RHÉNAN DU BRABANT.

*Sommaire.* Disposition de ce terrain. — Travaux dont il a été l'objet. — Analogie d'une partie de ce terrain avec le silurien de l'Ardenne. — Coupe de la vallée de la Senne occidentale. — Coupe de la vallée de la Senne orientale. — Fossiles siluriens de Gembloux. — Division à établir dans le terrain rhénan du Brabant. — Massif rhénan du Condros.

La province de Brabant est une des contrées les plus fertiles de 'a Belgique; son sol est formé par les terrains tertiaires recouverts d'une épaisseur variable de loess. Aussi l'observateur qui voyage au milieu des riches campagnes de ce pays, est-il étonné, en descendant de quelques mètres dans les vallées des petites rivières, telles que la

Senne, la Dyle, la Gette, etc., de rencontrer des roches semblables à celles que traverse la Meuse, entre Mézières et Givet, et de trouver là en quelque sorte une Ardenne en miniature.

Ce terrain qui semble ainsi faire une anomalie au milieu des plaines brabançonnes, a été signalé pour la première fois par M. d'O-malius d'Halloy (1), qui le classe dans son terrain ardoisier. Lors de la réunion extraordinaire de Mézières, la Société géologique visita la localité fossilifère de Gembloux, elle y trouva, dans des schistes argileux verdâtres entremêlés de schistes ardoisiers, plusieurs fossiles, entre autres une *Calymene* voisine de la *Blumenbachii*, ce qui rangeait ces roches dans le terrain silurien.

Néanmoins, lorsque Dumont les réunit au terrain rhénan, lorsqu'il y établit deux étages qu'il nomma, d'après leur concordance supposée avec ceux de l'Ardenne, système gédinien et système coblentzien, personne n'éleva la voix pour protester. On eût cependant pu le faire avec d'autant plus de facilité, que le savant professeur de Liége n'indique nulle part les raisons qui l'ont poussé à ces assimilations. La stratigraphie n'est ici d'aucun secours, car le massif du Brabant est complétement séparé de celui de l'Ardenne. Les faits paléontologiques, comme nous allons le voir, ne peuvent pas donner non plus de résultat complet ; ce qu'ils apprennent est en contradiction avec les opinions de Dumont. On sait d'ailleurs que ce géologue ne faisait aucun cas des fossiles. C'est donc seulement dans les caractères minéralogiques qu'il a dû trouver et que nous devons chercher après lui un moyen de classification.

Si l'on s'éloigne de Bruxelles en suivant le chemin de fer, dans la vallée de la Senne (*voir* la coupe, fig. 8, pl. II), on commence à trouver les terrains anciens, représentés par des quarzites rouges, à Buisinghen, localité distante de 12 kilomètres de la capitale de la Belgique. Jusqu'à Tubize, on voit affleurer de distance en distance des rochers de quarzites et de schistes verts, et l'on ne peut qu'être frappé de leur analogie avec ceux des environs de Revin. Au nord de Tubize, il y a une carrière de quarzite vert ; on y trouve en outre des schistes pétris de petits octaèdres d'aimant, ainsi que de paillettes de chlorite et

(1) *Mémoires*, p. 18.

accompagnés de filons de quarz et de chlorite. Les premiers ont jusqu'à 6 centimètres de large ; les seconds n'ont guère que 1 à 2 millimètres. Dumont rapporte que l'on a aussi trouvé dans cette localité des filons de fer oligiste. Au sud du village, il y a d'anciennes exploitations d'ardoise aimantifère, c'est exactement ce qui a lieu dans l'Ardenne : les ardoises de Deville sont aimantifères dans le voisinage des quarzites qui s'étendent depuis les dernières maisons de cette commune jusqu'au delà de Revin. En remontant le cours de la Senne jusqu'à la hauteur de Quenast, on rencontre des schistes qui présentent des caractères plus ou moins ardoisiers, mais qui n'ont jamais pu être exploités, et que j'appellerai pour cette raison fausses ardoises ; enfin on arrive aux porphyres si célèbres dont il sera question plus tard. Ces quarzites et ces schistes, analogues à l'ardoise, me paraissent devoir être assimilés au terrain silurien de l'Ardenne. Telle n'était pas l'opinion de Dumont, qui les plaçait dans son système gédinien, c'est-à-dire dans le dévonien inférieur. De plus, ce géologue traçait sans dire pourquoi, la limite du gédinien et du coblentzien, au milieu des fausses ardoises.

Au sud du massif porphyrique qui a bien 1 kilomètre de large, le loess cache les roches sous-jacentes, mais en descendant vers Rebecq, à la Miette-Gobard, on voit apparaître des schistes compactes, verdâtres, inclinés au N.-O., qui ont l'aspect minéralogique des schistes de Gembloux, et sont probablement siluriens ; ils s'étendent jusqu'aux delà de Rebecq-Rognon. Au hameau de Clabecq on rencontre des schistes noirs subluisants, également siluriens. Dumont les place dans son système coblentzien, étage hundsrückien. Ils ont, en effet, beaucoup d'analogie avec certains schistes des environs de Manderscheid, dans l'Eifel, que Dumont considère aussi comme hundsrückien. A la ferme de la haute Clabecq, on trouve des schistes argileux grisâtres pyritifères ; puis à la ferme de la Tour, des schistes ardoisiers : ceux-ci ont une certaine étendue, et sont traversés auprès de la ferme Sainte-Catherine, par un porphyre différent de celui de Quenast, quoique se rapportant à la même série d'éruption. Au sud de ce point on ne rencontre plus que des schistes grossiers, compactes, gris-bleuâtre, devenant verdâtres par l'altération à l'air, et présentant plusieurs plans de clivage ; ils sont exploités au village de

Steinkerque, pour faire des dalles. Je les rapporte, d'après leurs caractères minéralogiques, au système gédinien de l'Ardenne. Enfin, près de l'église d'Horrues, on voit le terrain dévonien supérieur reposer en couches horizontales sur les tranches de ces schistes dont l'inclinaison est presque verticale.

La Senne, rivière qui passe à Bruxelles, est formée de deux ruisseaux qui portent le même nom et qui se réunissent, à Tubize ; c'est en remontant l'affluent occidental que j'ai fait la coupe précédente. Le long de l'affluent oriental, on observerait des faits du même genre. (Coupe, fig. 9, pl. II.)

Le village de Tubize est bâti sur des schistes aimantifères présentant un caractère plus ou moins ardoisier. Si l'on s'éloigne au S.-O., par la route de Braine-le-Château, on trouve d'abord une colline formée de loess et de sable tertiaire ; au pont de Clabecq on voit de nouveau les schistes aimantifères (fig. 9, pl. II), et près de là un porphyre stratifié que Dumont a nommé arkose chloritifère ; puis, au lieu de retrouver ces fausses ardoises et ces schistes subluisants qui forment le territoire de Quenast et de Rebecq, sur la Senne occidentale, on voit affleurer, vis-à-vis le pont d'Oisquercq, des schistes gris-bleuâtre, tendres, avec plusieurs plans de clivage (1). Ce sont les schistes que nous avons observés à Steenkerque et que nous avons rapportés au système gédinien : ici ils présentent une analogie de plus avec les bancs du même système dans l'Ardenne. Ce sont des parties rouges d'une couleur lie de vin, tout à fait semblable à celle des schistes gédiniens de Mondrepuits et de Charleville. L'absence des fausses ardoises et des schistes subluisants me porte à penser que c'est une faille qui a amené les schistes gédiniens au contact des roches aimantifères de Tubize. Il est à remarquer que la faille correspond juste à la position de la roche porphyrique.

Les schistes plongent au N. et par conséquent sous la faille. Ils s'adossent à un nouveau massif silurien que l'on voit paraître à 2 kilomètres au S. du pont d'Oisquercq, à la ferme de Grand-Houx. Il est formé de fausses ardoises, de schistes noirs subluisants et de schistes compactes verdâtres pyritifères analogues aux schistes de Gembloux.

(1) Ils sont l'objet d'exploitation importante un peu à l'ouest, au village de Stihaux.

Il s'étend jusqu'à Fauquez, où il est coupé par un filon de porphyre. Au sud de ce point on marche pendant 1 kilomètre sans voir de nouveaux affleurements. On rencontre alors une roche que je n'ai pas encore eu occasion de citer : c'est un schiste grossier qui se divise par le clivage en parallélipipèdes obliques, et dans chacun de ces parallélipipèdes, les éléments sont disposés en zones concentriques ; aussi Dumont lui donnait-il le nom de quarzophyllade zonaire. Cette structure n'est pas propre à l'étage qui nous occupe, car on la retrouve encore dans les psammites du Condros qui appartiennent au dévonien supérieur. On voit un rocher de cette nature devant le pont de Ronquières ; l'inclinaison y est au S. 26° O. = 72°, et par conséquent en sens opposé au terrain silurien, mais comme on ne voit pas le contact, on ne peut savoir si il y a une faille, un plissement ou une discordance de stratification. Je n'ai pas encore trouvé de fossiles dans cette quarzophyllade, et si je la classe dans le terrain dévonien, c'est à cause de sa ressemblance avec le terrain rhénan du Condros, et aussi parce qu'on ne trouve rien d'analogue dans le silurien de l'Ardenne. Elle se prolonge jusqu'au moulin d'Henripont, sur la Senette, où elle disparaît sous le terrain dévonien supérieur.

Passons maintenant à l'étude de la seule localité où l'on a jusqu'à cette heure trouvé des fossiles d'une manière bien authentique. C'est un peu au S. de Gembloux, au hameau de Grand-Manil (*voir* fig. 10, pl. II). La roche est un schiste compacte, verdâtre, pyritifère, qui se trouve intercalé dans les roches siluriennes. J'y ai trouvé un *Trinucleus* que l'on peut rapporter à l'*ornatus ;* une *Calymène,* voisine de l'*incerta ;* la *Leptœna depressa* et cinq espèces d'*Orthis.* Ces fossiles et surtout le *Trinucleus* sont caractéristiques de la division moyenne du silurien. M. Barrande, qui a eu l'obligeance d'examiner mes fossiles, a reconnu dans les *Orthis* les formes qu'il trouve dans sa faune seconde de Bohême. Ce fait paléontologique, qui à lui seul n'eût peut-être pas suffi, à tous les yeux, pour retrancher les schistes de Gembloux du terrain rhénan, acquiert ici une importance beaucoup plus grande, puisqu'il vient corroborer des observations déduites uniquement de l'examen minéralogique des roches. De plus, comme ce sont des considérations minéralogiques qui nous ont conduit à rapprocher les quarzites et les fausses ardoises du Brabant, des quarzites et des ardoises de l'Ardenne, nous devons admettre que les considérations paléontologiques tirées de la première contrée doivent aussi s'appliquer à la seconde, dont l'âge silurien est ainsi mis hors de doute.

On voit, d'après ce qui précède, qu'il est possible de distinguer quatre assises dans l'ensemble de couches que Dumont avait désigné dans le Brabant, sous le nom de terrain rhénan. Ce sont, de bas en haut, en les désignant par les roches dominantes :

| | CLASSIFICATION DE DUMONT. | CLASSIFICATION ADOPTÉE. |
|---|---|---|
| 1° Quarzite. | Gédinien. | |
| 2° Fausses ardoises, schistes subluisants et schistes à Calimènes. | Gédinien et taunisien. | Silurien moyen. |
| 3° Schistes argileux, tendres à plusieurs plans de division . | Gédinien et coblentzien. | Dévonien infér.? |
| 4 Quarzophyllade zonaire. | Coblentzien. | |

C'est plutôt une analogie, peut-être discutable, que des preuves certaines, qui m'a amené à ranger dans le terrain dévonien les assises 3 et 4. Si je me suis trompé, j'espère trouver mon excuse dans la difficulté de semblables études. En effet, dans le Brabant, en raison même du peu de profondeur des vallées, les roches primaires n'affleurent que de point en point, et souvent encore sont-elles cachées par la végétation. Le géologue ne possède alors, pour établir ses coupes, que des indications très difficiles à relier entre elles. C'est ainsi que je n'ai pu voir la superposition immédiate du dévonien sur le silurien. Cependant un tel document eût été précieux, quand on sait que dans l'Ardenne la stratification est discordante, et que d'ailleurs le silurien supérieur manque dans le Brabant, comme dans ce dernier pays.

On comprend que dans les circonstances que je viens d'exposer, il est impossible de calculer l'épaisseur des diverses assises. Si on supposait, comme j'ai dû le faire dans la coupe, qu'il n'y a pas de plissements, on arriverait, pour l'ensemble de ces couches, à l'épaisseur énorme de 10 kilomètres; mais je crois que l'on approcherait davantage de la vérité en réduisant considérablement ce chiffre.

Dans les pages qui précèdent, j'ai passé presque complétement sous silence les roches éruptives qui forment un des traits les plus

G.  3

remarquables des terrains primaires du Brabant. Je ne puis me tenir à une simple mention, et je vais leur consacrer une étude plus approfondie, après avoir dit quelques mots du massif rhénan du Condros, qui paraît n'être qu'un prolongement de celui du Brabant.

Le massif rhénan de Condros forme une longue bande étroite au sud de la grande faille que j'ai indiquée en commençant au milieu du bassin primaire de la Belgique. Dumont lui donne une largeur moyenne de 1 kilomètre 1/2 à 2 kilomètres, et une longueur de 6 1/2 myriamètres, depuis le bois du Châtelet, près de Charleroy, jusqu'à Hermalle-sous-Huy.

Si d'Huy on se dirige vers le S., en remontant le ruisseau du Hoyoux, on trouve des schistes verdâtres et des grès schistoïdes passant à la grauwake ; ces roches présentent trois sens de divisions. Elles ont une apparence dévonienne à mesure qu'on avance vers le S., les schistes deviennent de plus en plus siliceux ; ils sont transformés en quarzites et traversés de petites veines de quarz hyalin. Enfin on arrive à des carrières de grès siliceux verdâtre que l'on reconnaît facilement pour appartenir au poudingue de Burnot. J'y réunis aussi, contrairement à l'opinion de Dumont, les schistes et quarzites avec filons de quartz sus-mentionnés, parce que les injections siliceuses sont caractéristiques de cet étage, et que d'ailleurs, au milieu des bancs verts, on en trouve d'autres qui présentent la couleur rouge lie de vin, propre aux roches du poudingue de Burnot. D'après cela, le terrain rhénan se trouve réduit, selon moi, aux schistes à division parallélipipédiques, qui correspondent probablement au quarzophyllade zonaire de Ronquières. Dumont indique, dans les environs de Fosses, des schistes analogues à ceux de Gembloux ; mais je n'ai pas encore visité cette localité.

### 3. PORPHYRES DU BRABANT.

*Sommaire.* Leur division en deux catégories. — Porphyre de Quenast et ses congénères. — Porphyre de Gembloux. — Analogie de ces porphyres avec ceux de l'Ardenne. — Leur âge.

En 1808, M. d'Omalius d'Halloy signala dans le Brabant, à Lessine et à Quenast, une roche porphyroïde, dont il fit une description détaillée, et qu'il considéra comme de la cornéenne porphyrique. Plus

tard (1828), il l'appela diorite. Dumont reconnut d'autres affleurements et décrivit ces diverses masses éruptives sous les noms de
typhons de diorite chloritifère, d'hypersthénite, de chlorophyre,
d'albite phylladifère et d'eurite quarzeuse. Mais toutes ces roches
me paraissent devoir être ramenées à deux types que je désignerai
par les endroits où ils sont le mieux développés : porphyre de Quenast et porphyre Gembloux.

Le porphyre de Quenast ou de Lessine, car il est très développé
dans ces deux localités, est connu de tout le monde, depuis qu'il sert
au pavage de Paris. M. Delesse en a fait une étude minéralogique (1),
dont je me bornerai à indiquer les principaux résultats. Au milieu
d'une pâte feldspathique sont disséminés des cristaux d'oligoclase
maclés et finement striés. Dans les interstices laissés entre les cristaux de feldspath, il y a de la chlorite en petites paillettes agglomérées de couleur vert-noirâtre, du quarz en grains hyalins, de l'épidote assez fréquent, de l'horneblende en cristaux assez rares, de la
pyrite, du calcaire, de l'axinite, etc., accidentels.

M. d'Omalius d'Halloy, et après lui Dumont ont donné une description des carrières. J'en rappellerai également les traits principaux.

Dans la carrière des Pendants, le porphyre est divisé en bancs très
épais, souvent de 4 à 5 mètres, par des fissures parallèles entre elles,
et faisant avec l'horizon un angle d'environ 30°, ce qui lui donne une
apparence stratifiée. Du côté des schistes, ces plans de division sont
beaucoup plus rapprochés, et le porphyre a une apparence schisteuse.
Ces divisions, comme celles que l'on voit dans le basalte, paraissent
perpendiculaires aux surfaces de contact. Dans la carrière des Boules,
le porphyre se décompose facilement et tend à prendre la forme
sphéroïdale. Enfin un fait observé par Dumont, et qui mérite d'autant plus d'être signalé, que les travaux d'exploitation l'ont fait
disparaître, c'est la présence au milieu du porphyre d'un épais filon
de quarz hyalin.

Le porphyre de Quenast est évidemment éruptif. Tous les géologues
sont d'accord pour le reconnaître. Si on jette les yeux sur la coupe
fig. 8, pl. II, on voit qu'il a dû sortir par une fissure au milieu des

(1) *Bull. de la Soc. géol.*, 2ᵉ série, t. VII, p. 310.

schistes siluriens, passant à l'ardoise. Au nord, sur le chemin de fer de la carrière, les schistes qui sont au contact du porphyre s'adossent contre lui, ils sont très altérables à l'air et traversés de nombreux filons de quarz. Près de la carrière des Pendants, du côté de Quenast, les mêmes schistes plongent S. 15° E. = 75°, et paraissent ainsi s'enfoncer sous le porphyre. On ne voit pas le contact des terrains stratifiés avec le porphyre au sud du filon. Les premières couches que l'on rencontre dans cette direction sont des schistes verdâtres siluriens, plongeant au N. 23° E., c'est-à-dire vers le porphyre.

A la papeterie de Fauquez, au sud de Virginal, on trouve un porphyre semblable à celui de Quenast, seulement le filon est moins considérable. Il est accompagné, comme à Quenast, de filons volumineux de quarz laiteux (fig. 9, pl. II).

Au hameau de Pitet, commune de Fallais, à 10 kilomètres au nord d'Huy, sur les bords du Mendigne, on trouve un autre filon de porphyre qui diffère un peu par l'aspect de celui de celui de Quenast. Il est plus grisâtre par la prédominance de la partie feldspathique. C'est l'albite phylladifère de Dumont ; mais il renferme les mêmes éléments que le porphyre de Quenast, et a la même origine éruptive. Près de là, à la Chapelle-Saint-Sauveur, la cristallisation est beaucoup plus confuse, et il y a une sorte d'eurite grisâtre à base d'oligoclase. Dans le voisinage du porphyre de Pitet on trouve des bancs de quarzite, et il est probable qu'il s'est produit dans une fissure au milieu du terrain silurien.

A la ferme Sainte-Catherine, commune de Rebecq-Rognon, un peu au sud de Quenast, on voit un nouveau filon porphyrique (fig. 8 et 11, pl. II) : la roche y est complétement altérée et criblée de petites cavités dues à la disparition du feldspath ; les grains de quarz ont subsisté et constituent en quelque sorte le squelette de la roche. Il y a en outre une matière colorante d'un vert clair, qui paraît être de la chlorite. Cette roche diffère de celles que j'ai mentionnées plus haut, parce qu'elle n'est pas éruptive. Dans les parties mêmes où la stratification est la moins visible, la décomposition a mis à nu une tendance à la disposition feuilletée, ce que l'on pourrait appeler en quelque sorte les derniers linéaments du schiste. On voit de plus cette portion centrale passer insensiblement à des schistes plus ou moins modifiés. Évidemment on a affaire à une de ces roches, que l'on désigne maintenant sous le nom de métamorphiques.

Je ne prétends pas résoudre ici les questions si multiples et si controversées de la théorie du métamorphisme ; je ne prétends pas indiquer les causes des changements, dont nous constatons aujourd'hui les effets, ni même les moyens par lesquels ils se sont opérés. Cependant je crois pouvoir regarder comme certain, dans le cas particulier qui nous occupe, que toute la roche était primitivement à l'état des schistes. Sous l'influence d'émanations venues de l'intérieur de la terre, elle s'est chargée de cristaux d'oligoclase, de quarz et de chlorite ; c'est en quelque sorte un schiste imprégné de porphyre. Il faut remarquer en outre que ces émanations porphyrogènes étaient sous la dépendance des éruptions porphyriques de Quenast. Leurs relations étaient analogues à celles qui unissent aujourd'hui le Vésuve et l'Etna, avec les émanations carbonées ou sulfurées du sud de l'Italie et de la Sicile.

Il est très intéressant de voir ces roches profondément transformées à plusieurs kilomètres du centre d'éruption, tandis qu'à Quenast, au contact du porphyre, les ardoises ne sont pas modifiées. M. d'Omalius d'Halloy avait déjà fait cette observation. Il en conclut (1) « que les éjaculations intérieures exerçaient une action métamorphique moins forte, lorsqu'elles pouvaient se faire jour à l'état » liquide, que quand elles agissaient à l'état gazeux. »

A l'est de Tubize, au hameau de Clabecq, on trouve une autre roche porphyrique (fig. 9, pl. II) ; elle est d'un vert pâle et renferme des cristaux abondants de feldspath blanc. Dumont l'avait désignée sous le nom d'arkose chloritifère ; il la considérait comme une roche stratifiée. Mais elle est évidemment de même ordre que celle de la ferme Sainte-Catherine, un peu moins cristalline cependant. Les bancs porphyroïdes sont séparés par des schistes qui ne paraissent pas modifiés. Ils sont stratifiés et plongent au N. 65° E. $= 78°$. Dumont y a signalé un petit filon de quarz parallèle aux bancs. Au milieu de la roche porphyroïde on trouve des morceaux de schistes qui ne sont nullement modifiés. M. Delesse qui a eu l'obligeance d'examiner

(1) *Abrégé de géologie,* 1853, p. 535.

mes échantillons, pense que ces fragments étaient empâtés dans les schistes avant leur modification, et qu'ils ont dû à leur hétérogénéité de ne pas subir les mêmes altérations que la roche enveloppante.

Il a reconnu, du reste, la plus grande analogie entre ces roches et celles des Vosges, qu'il a désignées sous le nom de grauwake métamorphique.

Un peu au sud des carrières que nous venons de citer, on trouve une autre roche de même nature que celle de Clabecq, mais plus schisteuse et moins feldspathique. C'est en quelque sorte le terme le plus dégradé du groupe porphyrique qui a pour point de départ le porphyre de Quenast.

La seconde série de porphyre du Brabant joue un rôle moins important que la précédente ; elle a son type à Gembloux, hameau de de Grand Manil (fig. 10, pl. II). Dumont nomme cette roche feldspathique, eurite quarzifère, et la considère comme composée d'albite intimement mélangée de quarz ; mais son aspect suffit pour indiquer que c'est une roche à base d'orthose. D'ailleurs dans l'eurite même et surtout dans une roche schistoïde grasse au toucher, attenant à l'eurite compacte, on trouve des cristaux d'orthose kaolinisé. Ces couches ont ensemble environ 8 mètres. Au nord de ces schistes onctueux feldspathiques, il y a, d'après Dumont, un autre banc d'eurite compacte, avec fragment, de phyllade et cristaux d'orthose ; puis un banc de quarzite gris-noirâtre, traversé par des veines d'eurite blanche. Lorsque j'ai visité le Grand Manil, cette partie du filon était recouverte de débris, et je n'ai pu constater le fait signalé par Dumont.

Au nord de ces roches porphyriques on trouve des schistes noirs passant à l'ardoise, et à la surface ils sont altérés et prennent une couleur grisâtre ; puis viennent des schistes argileux, verdâtres, remplis de fossiles et dont il a été question précédemment. Leur stratification est difficile à déterminer. Dumont admet qu'ils plongent au S. 8° E., c'est-à-dire sous le porphyre de 76°. Au sud du filon on voit d'autres schistes et des quarzites dont l'inclinaison générale est vers le sud. Le porphyre de Gembloux s'est donc fait jour comme celui de Quenast au milieu du terrain silurien. Son origine métamorphique me paraît suffisamment démontrée par sa disposition stratifiée en bancs parfaitement parallèles avec les roches environnantes.

Dumont rapporte au même système de roche éruptive des filons d'eurite que l'on trouve à Nivelle, ainsi que dans deux points de la vallée de Senne, au nord de Fauquez et un peu plus au nord, vis-à-vis de Virginal.

Ainsi, les porphyres du Brabant se rapportent à deux types.

*a.* Porphyre à base d'orthose ; sa cristallisation est un peu confuse, mais il correspond au porphyre quarzifère des auteurs.

*b.* Porphyre à base d'oligoclase, coloré par de la chlorite et renfermant toujours de l'épidote et du quarz.

On trouve dans le terrain silurien de l'Ardenne deux porphyres de même ordre.

*a'.* Le porphyre quarzifère de Deville : il diffère de celui de Gembloux par une cristallisation très développée.

*b'.* Le porphyre à base d'oligoclase, de la forge des Communes, également près de Deville (diorite de Dumont). M. Delesse y a reconnu de l'oligoclase formant la base de la roche, de l'épidote qui la pénètre de toutes parts, et un silicate à base de fer et de magnésie, qui paraît se rapporter à l'hypersthène.

Les deux porphyres du Brabant se trouvent presque toujours dans le terrain silurien. Cependant à Fauquez, ils se sont peut-être fait jour dans le terrain dévonien inférieur.

Quant à leur âge, il ne peut être fixé que d'une manière approximative et par cette considération généralement admise par les géologues que les éruptions des roches plutoniques sont en rapport avec les mouvements du sol. Or, dans le Brabant, le dévonien inférieur, tel que je l'ai admis, repose en stratification concordante sur le silurien ; il est recouvert en stratification discordante, par le dévonien supérieur et dans les environs de Liége à Hezémont, par le calcaire de Givet. Le redressement des roches du Brabant s'est donc opéré à la fin du dévonien inférieur. Telle doit être ainsi l'époque d'apparition des porphyres.

## C. — COUCHES SUPÉRIEURES AU POUDINGUE DE BURNOT.

### COUPE DE CES DIVERSES COUCHES DANS LES ENVIRONS DE COUVIN.

*Sommaires.* Travaux de MM. Rœmer et Dumont. — Groupement des couches.

Les couches qui se trouvent entre le poudingue de Burnot et le calcaire carbonifère sont remplies de fossiles ; aussi ont-elles attiré depuis longtemps l'attention des géologues. Cependant les divisions qu'on y avait établies étaient fort générales ou fort vagues, et le premier travail qui ait fixé la science sur ce point date de 1850 ; il est dû à M. F.-A. Rœmer, professeur à Clausthal. Dans une introduction qui précède la première partie de ses descriptions des fossiles du Harz, publiées dans le *Paleontographica* (1), il donne la succession des couches qu'il a cru devoir établir dans le terrain dévonien. En voici un court extrait :

1° Grauwacke ancienne du Rhin à *Spirifer macropterus* et *cultrijugatus* (les Schistes à *Leptœna Murchisoni* des Ardennes sont probablement une division plus ancienne).

2° Schistes à *Calceola sandalina*.

3° Schistes à Orthocères de Wissembach.

4 Calcaire à *Strigocephalus Burtini*.

5° Schistes à Receptaculites (*Receptaculites Neptuni, Spirifer Verneuili*).

6° Calcaire d'Iberg (*Terebratula cuboides*).

7° Schistes à Goniatites de Büdesheim.

8° Schistes à *Cypridina serrato-striata*.

9° Schistes d'Amay (*Pecten lineatus, Avicula Damnoniensis*).

10° Vieux grès rouge d'Écosse.

Dans un petit travail publié peu de temps avant le précédent, dans le *Bulletin de la Société géologique de France* (2), le même savant indique, au moins en partie, ces étages, et il donne une coupe du terrain dévonien de Belgique entre Couvin et Marienbourg. Il y retrouve

_____

(1) *Beiträge zur Geologischen Kenntniss des nordwestslichen Harzgebirges*, publiée dans le *Paléontographica* de Dunker et Meyer, t. III, liv. I.

(2) 2 décembre 1850, 2e série, t. VIII, p. 87.

les sept premières divisions que nous venons d'indiquer, moins la troisième. Voici la coupe qu'il donne :

1° Grauwacke ancienne du Rhin et du Harz.
2° Calcaire à crinoïdes.

Ces deux étages ont leurs couches inclinées vers le sud, et par conséquent en stratification discordante avec les autres qui pendent au nord.

3° Étage à Calcéoles.
    a. Calcaire à *Cyathophyllum*.
    b. Calcaire à *Aulopora*.
    c. Schistes à *Calceola sandalina*.
    d. Schistes à *Phacops latifrons*.
    e. Schistes à *Cupressocrinites*.
4° Calcaire à *Strigocephalus Burtini*.
5° Schistes avec *Receptaculites*, *Spirifer Verneuili*.
6° Calcaire à *Terebratula cuboides*.
7° Schistes à *Goniatites amblylobus* et *Cardium palmatum*.

En 1855, M. Ferd. Rœmer, professeur à Breslau, frère du précédent, reprit la coupe de Couvin (1), en la prolongeant au nord et au sud. Il est complétement d'accord avec M. F.-A. Rœmer pour la position du calcaire à strigocéphales et des couches qui lui sont inférieures. Mais immédiatement au-dessus de ce calcaire, M. Ferd. Rœmer place les schistes à *Goniatites retrorsus*, sans tenir aucun compte des assises intermédiaires, les schistes à *Receptaculites* et les calcaires à *Terebratula cuboides*, que son frère avait déjà distinguées. De plus, il indique une série de schistes supérieurs aux schistes à *Goniatites*, et renfermant le *Spirifer Verneuili*; d'après sa coupe, on doit juger que ces schistes forment le sol sur lequel est bâtie Marienbourg, tandis que l'observateur précédent avait placé cette ville sur les schistes à *Goniatites* même. Voici, du reste, la suite des couches reconnues par M. Ferd. Rœmer dans le terrain dévonien des environs de Couvin :

(1) *Das ältere Gebi.ge in der Gegend von Aachen, erlautert durch die Vergleichung mitden Verhältnissen im südlichen Belgien mach Beobachtungen im herbste*, 1853. Publié dans le *Zeit. der Deutsch geol. Gesell.*, t. VII, 1855, p. 377.

*b*. Grès de la Grauwacke et schistes avec *Spirifer cultrijugatus, Leptœna dilatata,* etc. (Grauwacke de Coblentz ou Grauwacke ancienne du Rhin).

*c*. Calcaire à *Stromatopora polymorpha* et *Calceola sandalina* (Calcaire de l'Eifel).

*d*. Schistes avec *Calceola sandalina*.

*e*. Calcaire avec *Strigocephalus Burtini* et *Uncites gryphus* (Calcaire de Paffrath).

*f*. Schistes marneux è *Goniatites retrorsus*.

*g*. Schistes verdâtres à *Spirifer Verneuili*.

J'ai visité dernièrement (1859) les environs de Couvin, ayant en main la coupe de M. F.-A. Rœmer, et je l'ai trouvée d'une grande exactitude. Je ferai cependant deux réserves : j'admets, comme M. Ferd. Rœmer, que les schistes sur lesquels est bâtie Marienbourg sont différents des schistes à *Goniatites* auxquels ils sont superposés; j'admets aussi, avec le même observateur et avec Dumont, que les calcaires 2 et 3 (*a* et *b*) de la coupe de M. F.-A. Rœmer ne sont qu'un seul et même étage, et que leur inclinaison différente doit s'expliquer par une cassure et non par une discordance de stratification.

Je crois donc pouvoir présenter la coupe suivante (1) comme l'expression des rapports stratigraphiques des diverses assises du terrain dévonien dans les environs de Couvin (voyez fig. 5) :

1° Grès et Grauwacke à *Leptœna Murchisoni*.

2° Grès siliceux vert sombre et noir.

3° Grès et schistes rouges.

4° Schistes arénacés noirs avec *Spirifer cultrijugatus*.

5° Calcaire à *Calceola sandalina*.

6° Schistes à *Calceola sandalina* et *Spirifer speciosus*.

7° Calcaire à *Strigocephalus Burtini*.

(1) Dans le courant de l'automne 1857, j'eus le bonheur d'étudier le terrain dévonien dans les environs de Couvin, dans la vallée de la Meuse et dans l'Eifel sous la direction de M. Hébert. Par la netteté des coupes qu'il m'offrit et par l'habitude d'observation que j'y acquis, ce voyage est devenu la base qui m'a dirigé dans mes travaux ultérieurs. C'était donc un devoir pour moi avant d'exposer mes propres opinions, de reconnaître ce que je dois à mon savant professeur en lui faisant hommage de ce travail, qui est le fruit de son enseignement théorique et pratique.

8° Schistes à *Spirifer Verneuili* et *T. cuboides.*

9° Calcaire à *T. cuboides.*

10° Schistes à *Spirifer euryglossus.*

11° Schistes à *Goniatites retrorsus* et *Cardium palmatum.*

12° Schistes à *Spirifer Verneuili* et *T. semilœvis.*

J'ai déjà exprimé mon opinion sur les trois premières assises ; les trois suivantes forment un tout paléontologique, que l'on peut désigner sous le nom de *Schistes à Calceoles ;* la septième a une faune bien spéciale, qui la distingue de tout ce qui est en dessus ou en dessous ; enfin, je réunis aussi les n° 8, 9, 10, 11 et 12, en un seul étage, sous la double dénomination de *couches à T. cuboides* et *Schistes de Famenne.*

Il eût peut-être été naturel de commencer cette revue historique des travaux sur les environs de Couvin par exposer les idées de Dumont, qui a dû faire de cette contrée classique un sujet d'études approfondies. Malheureusement l'œuvre de cet éminent géologue est restée incomplète ; il s'apprêtait à composer pour le terrain anthraxifère un mémoire analogue à ceux qu'il avait déjà publiés sur le terrain ardennais et sur le terrain rhénan, quant la mort est venue le ravir à la science.

Lorsqu'on doit juger les travaux d'un savant par les écrits qu'il n'est plus là pour commenter, n'a-t-on pas toujours quelque appréhension de ne pas comprendre complétement la pensée de l'auteur, et de lui attribuer des opinions qui ne sont pas les siennes? Qu'est-ce donc, lorsqu'on est réduit, pour apprécier ses idées, à consulter une carte géologique, quelque bien faite qu'elle soit? Cette crainte, naturelle en toutes circonstances, s'accroît encore lorsque le jugement que l'on porte est une critique, et c'est le cas qui se présente ici. Certainement la carte géologique de la Belgique, par sa perfection typographique, par l'exactitude des détails, est à l'abri de toute critique comme au-dessus de tout éloge. Mais elle est ce que son auteur a voulu qu'elle soit, une carte parfaite de géologie minéralogique. En effet, ce n'est pas par ignorance, mais bien de parti pris, que Dumont refusait les secours que pouvait lui offrir la paléontologie ; il ne croyait pas que l'on pût caractériser un terrain par sa faune, et il écrivit plusieurs mémoires pour le démontrer. Pour nous qui ne partageons pas cette manière de voir, et qui trouvons dans les fossiles un guide qui n'a pas encore fait défaut, c'est un devoir de signaler les erreurs que renferme à ce point de vue la carte de Belgique. Je vais donc le faire avec toute la franchise due à la vérité, mais aussi avec toute la réserve que peut inspirer la mémoire d'un savant illustre qui n'est plus là pour se défendre.

Dumont rangeait dans son terrain rhénan la grauwacke et les grès noirs du Pont-du-Roi ; toutes les autres couches étaient réparties dans les systèmes eifelien et condrusien de son terrain anthraxifère. Les grès et les schistes rouges (n° 3) constituaient l'étage inférieur du système eifelien ($E^4$) ; les schistes à *Sp. cultrijugatus* (n° 4), l'étage moyen ($E^2$) ; les calcaires (n° 5), l'étage supérieur ($E^3$) ; et enfin des schistes à *Sp. Verneuili* (n° 12), l'étage condrusien inférieur ($C^1$). Pour expliquer la série de schistes et de calcaires intercalés entre les deux assises 6 et 12, Dumont a recours à des assimilations, que la paléontologie contredit complétement. Ainsi il admet deux bandes principales de calcaire eifelien ($E^3$) : l'une méridionale (c'est notre n° 5) ; l'autre septentrionale, correspondant à notre n° 7, renfermant entre elles une bande schisteuse de l'étage ($E^2$), et cela quoique les deux calcaires diffèrent complétement par leurs fossiles.

Il suffit d'ailleurs de jeter les yeux sur la coupe que M. Vaust a donnée (1), d'après la carte géologique de Belgique, pour s'assurer que les faits stratigraphiques n'y sont pas mieux respectés que la paléontologie ; encore M. Vaust a-t-il cru devoir simplifier la figure en supprimant quelques plissements indiqués dans la carte. En effet, dans sa coupe, on ne trouve pas trace du calcaire à *T. cuboides*, qui a pourtant une assez grande épaisseur. Pour Dumont, c'est encore le calcaire eifelien $E^3$ qui fait saillie au milieu des schistes condrusiens $C^4$, car il range dans ce dernier étage nos n° 8, 10, 11 et 12. L'erreur dans laquelle il est tombé s'explique en partie ; son premier travail avait été de démontrer que les nombreuses bandes alternatives de calcaires et de schistes qui forment le

(1) *Sur les terrains primaires d'Aix-la-Chapelle et leurs rapports avec ceux de la Belgique*, d'après M. Ferd. Rœmer, par M. J. Vaust. Extrait de la *Revue universelle*, juillet 1859. Dans ce travail M. Vaust compare les opinions de M. Rœmer et celles de Dumont.

Condros ne constituaient pas, comme on le croyait en général jusque-là, une série continue, mais qu'elles pouvaient se réduire à quatre
étages, deux calcaires, deux quarzoschisteux, qui, par suite de
plissements, venaient affleurer plusieurs fois à la surface du sol,
trouvant dans les environs de Couvin des calcaires qui se ressem-
blaient sous le rapport minéralogique, et, dédaignant les différences
paléontologiques qu'ils présentaient, il y vit des faits de même ordre.
Peut-on s'étonner alors que, malgré les difficultés stratigraphiques,
qu'un si habile observateur dut certainement remarquer, il ait appliqué à la localité qui nous occupe une théorie qu'il avait vérifiée si
souvent dans d'autres points? Remarquons enfin que la carte géologique donne la position géographique des couches, et qu'elle est
muette sur leurs rapports mutuels. Le savant professeur de Liége
n'aurait-il pas admis des failles ou des alternances, là où M. Vaust a
figuré des plissements? Quoi qu'il en soit, la responsabilité de la
coupe reste tout entière à ce dernier géologue.

On peut résumer par le tableau suivant les opinions diverses émises
sur le terrain dévonien des environs de Couvin. Les numéros et les
lettres placés sur une même ligne parallèle indiquent les couches
qui se correspondent dans les coupes données précédemment par
MM. Rœmer, par Dumont et par moi-même :

| DUMONT. | FR.-AD. ROEMER. | FRED. ROEMER. | GOSSELET. |
|---|---|---|---|
| E² . . . . . . . . | 1 . . . . . . . . | b . . . . . . . . | 1 |
| E³ . . . . . . . . | { 2 . , . . . . . . . . / 3 { a / b . . . . . . . } | } c . . . . . . . | 5 } I |
| E² . . . . . . . | 3 { c . . . . . . / d / e . . . . . . } | } d . . . . . . . . | 6 |
| E³ . . . . . . . | 4 . . . . . . . . | e . . . . . . . | 7  II |
| C¹ . . . . . . . | 5 . . . . . . . . | . . . . . . . . | 8 |
| E² . . . . . . . | 6 . . . . . . . . | . . . . , . . . . | 9 |
| C¹ { . . . . . . . . | . . . . . . . . | . . . . . . . . | 10 } III |
| { . . . . . . . 7 | . . . . . . . . | { f . . . . . . . | 11 |
| | | { g . . . . . . . | 12 |

## 1° SCHISTES A CALCÉOLES.

*Sommaire.* Leur superposition à l'étage du Poudingue de Burnot. — Leur division aux environs de Couvin en trois assises. — Description de ces assises et détails locaux : 1° Calcaire de Couvin ; 2° Schistes à Spirifer speciosus ; 3° Schistes à Spirifer cultrijugatus. — Résumé. — Division de l'étage en deux assises principales distinctes par leur faune.

L'étage des schistes à calcéoles recouvre le poudingue de Burnot en stratification, concordante depuis les environs de Barvaux jusqu'à ceux de Trélon en France. On peut observer cette superposition dans un grand nombre de points, à Ozo, à Hampteau, à Forrières, sur les bords de la Houille (coupe, fig. 13, pl. III), dans la vallée de la Meuse, à Couvin (coupe, fig. 12, pl. III), etc. Je choisirai cette dernière localité comme exemple.

A un demi-kilomètre au sud de Couvin au point nommé le Pont-du-Roi, on trouve au-dessus de la Grauwacke à *Leptæna Murchisoni* (n° 1) un grès noir siliceux (n° 2), (Ahrien de Dumont) ; puis des schistes et des grès siliceux rouges (n° 3), qui appartiennent à l'étage du poudingue de Burnot. Ils sont recouverts par des grès argileux et des schistes gris-noirâtre avec encrines et *Spirifer cultrijugatus* (n° 4) ; on arrive ainsi à la colline calcaire (nos 5 et 5'), sur laquelle est construite l'église de Couvin. c'est un calcaire bleu foncé, comme presque tout le calcaire dévonien de la Belgique ; il renferme peu de fossiles, cependant on y distingue :

| | |
|---|---|
| *Terebratula reticularis.* | *Encrines.* |
| *Calceola sandalina.* | *Polypiers divers.* |

Ces calcaires sont exploités dans plusieurs endroits pour faire de la chaux.

Dans les carrières situées au S. de la ville, près du Haut-Fourneau, les bancs plongent au S. 30° E. $= 63°$ ; au contraire, dans les carrières situées sur le plateau, etc., dans l'escarpement sur le bord de la rivière, on voit ces bancs inclinés N. 20° O. $= 10°$, il y a là un plissement et même une cassure, dont la fente correspond à une vaste poche creusée à la surface du calcaire, et où se sont déposés des sables quarzeux, de l'argile plastique panachée, et du minérai de fer. Je dirai plus tard quelques mots de l'origine probable de ces substances.

A ces calcaires succède une série de couches de schistes argileux avec bancs calcaires intercalés. Ces schistes qui se voient bien sur le chemin de Petigny et près de la station de Couvin, renferment une faune très riche dont les principaux représentants sont :

| | |
|---|---|
| *Calceola sandalina.* | *Pentamerus galeatus.* |
| *Spirifer speciosus.* | *Terebratula primipilaris.* |

Ces trois membres :

1° Schistes et grès à *Spirifer cultrijugatus ;*
2° Calcaire à calcéoles ;
3° Schistes argileux à Calcéoles et *Spirifer speciosus :*

forment pour moi l'étage des schistes à calcéoles.

Le calcaire de Couvin a été divisé en deux parties par M. Fr.-A. Rœmer. Il fait une assise à part des bancs qui plongent vers le sud, et réunit ceux qui inclinent vers le nord aux schistes à calcéoles. Il voit même dans leur différence de stratification « une chose qui » n'est pas sans importance pour ceux qui veulent placer là la limite » entre les terrains silurien et dévonien (1). » Rappelons-nous qu'à cette époque (1850) on appelait encore silurien ce que nous nommons aujourd'hui dévonien inférieur.

M. Ferd. Rœmer n'adopte pas sur ce point l'opinion de son frère ; il reconnaît qu'il n'y a qu'un seul massif calcaire dont la différence d'inclinaison tient à une cassure, et il l'assimile au calcaire de l'Eifel ; mais nous verrons plus tard que ce calcaire n'a point, dans le terrain dévonien de la Belgique, l'importance qu'on pourrait lui supposer quand on a étudié les environs de Couvin.

Les schistes argileux avec *Calceola sandalina* et *Sp. speciosus*, ont

(1) *Bull. de la Soc. géol.*, 2ᵉ série, t. VIII, p. 88.

été divisés par M. Fr.-Ad. Rœmer en trois assises caractérisées par les fossiles suivants de bas en haut :

1° *Calceola sandalina* ;
2° *Phacops latifrons* ;
3° *Cupressocrinites*.

Je suis loin de nier que l'on puisse faire cette division, mais je la crois peu utile ; il n'y a là qu'une seule faune. Sans doute les espèces y sont cantonnées comme dans tous les autres terrains dans des limites souvent très restreintes ; ainsi sur le chemin de Dailly il y a vers le milieu de la série un banc rempli de *T. primipilaris*, et on n'en trouve ni au-dessus ni au-dessous ; mais les fossiles les plus caractéristiques et les plus abondants, tels que les *Sp. speciosus*, *Pentamerus galeatus*, se trouvent dans toute l'épaisseur de la couche, et les divisions que l'on pourrait établir sur un point ne seraient pas vérifiées sur d'autres. A Jemelle et à Macon, par exemple, la *T. primipilaris* est à la partie supérieure des schistes, tandis qu'entre ces deux localités, à Dailly, elle est à la partie moyenne.

Maintenant que nous avons décrit l'étage des schistes à calcéoles à Couvin, voyons les modifications qu'il éprouve en s'éloignant de cette ville. Pour plus de facilité je vais commencer cette étude par la bande calcaire que l'on peut suivre plus aisément à cause de l'exploitation dont elle est l'objet.

1° *Calcaire de Couvin*. — Si l'on se dirige à l'ouest de Couvin, sur la grande route de Chimay, on marche d'abord sur la tranche des schistes à *Sp. speciosus* de la station du chemin de fer. A 1800 mètres de celle-ci on trouve les calcaires qui leur sont inférieurs ; entre Gonrieux et Dailly, ils se présentent sur une largeur de 1500 mètres et avec une inclinaison N. 14° O. $= 25°$, ce qui leur donne une épaisseur de 633 mètres. Là ils reposent en stratification concordante sur les schistes à *Sp. cultrijugatus*, inclinés également vers le nord. Ce fait montre bien que les calcaires de Couvin, malgré leurs inclinaisons inverses, ne forment qu'un même massif, et que la faille qui les a disloqués n'est que locale. Près du point où la route de Chimay à Rocroy se sépare de celle de Couvin, il y a des carrières de calcaire bleu compacte, coloré en rouge dans les fentes, ce qui donne à la pierre une teinte violacée ; son inclinaison est encore N. 20° 0. = 25°. Après avoir dépassé la borne n° 61, on se trouve sur les schistes à *Sp. speciosus* qui nous mènent jusque près de Chimay. Cette ville est bâtie sur le calcaire de Givet. Le calcaire à calcéoles passe au sud de Chimay, de Mâcon, et pénètre sur le territoire français auprès du moulin de Bourges. Il est exploité sur les deux rives du petit ruisseau qui forme la limite ; sur la rive droite les bancs inclinent N. 10° 0. = 45° ; sur la rive gauche, ils plongent au N. 20° à 25° E. Ce ruisseau correspond donc à une cassure ; on peut remarquer qu'il en est de même de la plus grande partie des cours d'eau qui sillonnent le sol primaire de la Belgique ; ils coulent tous dans des vallées de fracture. Au moulin de Bourges, la bande calcaire a une largeur de 800 mètres et une épaisseur de 565 mètres. Au contact des schistes à *Sp. speciosus*, les bancs calcaires sont pétris d'encrines.

Sur le territoire français le calcaire est peu visible, parce qu'il est caché par la végétation ou même par le terrain crétacé ; cependant il est encore exploité à Couplevoie entre Trélon et Fourmies, j'y ai recueilli : *Terebratulata concentrica, Favosites reticulata.*

Je n'ai pu suivre cette bande calcaire plus loin à l'est, et tout me porte à croire qu'elle ne tarde pas à disparaître.

Les calcaires de Couvin se prolongent à l'est de cette ville comme à l'ouest. Le chemin de Couvin à Pétigny est tout entier sur les schistes à *Sp. speciosus*, et l'on peut y faire une ample moisson des fossiles de cette couche. De Pétigny à Olloy, on marche sur des escarpements du calcaire précité ; à la sortie d'Olloy, sur le chemin de Vierves, on rencontre un calcaire noir renfermant en grande quantité une variété de *Pentamerus galeatus* dont les plis sont très peu marqués.

En s'avançant vers l'est, on ne trouve plus de calcaire. Sur les bords de la Meuse, par exemple, tout l'étage, depuis les roches rouges jusqu'au calcaire de Givet, est formé par des schistes. Si en d'autres points, comme sur les bords de la Houille, on voit des calcaires, ils sont tout à fait indépendants de celui de Couvin, et n'en paraissent même pas les représentants ; ce sont des lentilles qui se trouvent disséminées au milieu des schistes. Le calcaire que j'ai cité plus haut, à la sortie d'Olloy, pourrait bien aussi n'être qu'un de

G.                                                       4

ces petits massifs isolés ; car il ne ressemble au calcaire de Couvin ni par son aspect, ni par ses fossiles. Le calcaire de Couvin lui-même n'est qu'une grande lentille qui a son centre entre Couvin et Chimay et qui disparaît à l'ouest vers Féron, à l'est vers Olloy.

2° *Schistes à Spirifer speciosus et Calceola sandalina.*—L'étage supérieur formé par les schistes à *Sp. speciosus* et *Calceola sandalina* se présente à l'est et à l'ouest de Couvin avec le même facies. A **Dailly**, près de Couvin, il a une épaisseur de 370 mètres. A la limite du territoire français, son épaisseur paraît être 430 mètres, ce qui concorde avec une diminution d'épaisseur de la partie calcaire. On peut le suivre dans cette direction jusqu'au sud de Trélon.

J'ai déjà dit que les schistes à *Sp. speciosus* s'observent avec un beau développement à l'ouest de Couvin, sur le chemin de Pétigny ; ils passent au nord d'Olloy, à Treigne, et vont couper la route de Givet et la Meuse au S. de Foische. Là on voit (fig. 15, pl. III), au contact du calcaire de Givet (*d*), 40 mètres de calcaire noduleux (*c*) renfermant le *Spirifer speciosus* et la *Calceola sandalina*, et alternant à la base avec des schistes argileux. Ceux-ci ne tardent pas à prédominer et ne renferment plus que quelques nodules calcaires (*b*); ils s'étendent sur une longueur de 300 mètres, puis on retrouve des calcaires argileux alternant avec des schistes (*a*). J'ai recueilli dans les deux dernières couches : *Bronteus flabellifer*, *Terebratula reticularis*, *Spirifer speciosus*, *Orthis striatula*. Les fossiles sont plus abondants dans les calcaires argileux que dans les schistes. Toutes ces couches plongent au S. 20° E. $= 80°$, la stratification étant renversée.

On voit encore la partie supérieure des schistes à calcéoles sur les bords de la Houille, à Flohimont. J'en ai donné la coupe dans un travail précédent (1) (*voir* encore fig. 13, pl. III) : mais je dois rectifier la liste des fossiles que j'y ai inscrite (2).

| | |
|---|---|
| *Terebratula reticularis.* | *Spirifer curvatus.* |
| *T. concentrica.* | *Chonetes minuta.* |
| *Pentamerus galeatus.* | *Productus subaculeatus.* |
| *Spirifer speciosus.* | *Calceola sandalina.* |
| *Sp. squamosus.* | |

(1) *Bull. de la Soc. géol.*, 2ᵉ série, t. XIV, p. 370.
(2) C'est par erreur que le *Sp. cultrijugatus* est cité dans la première liste.

On retrouve ces schistes au S. de Beauraing (Belgique). Sur la route de Pondrome à Wanlin, ils forment une plaine ondulée, qui s'étend entre les escarpements du calcaire de Givet et ceux des roches rouges du poudingue de Burnot. A Forrières, au S.-O. de Rochefort, on les voit le long de la rivière de l'Homme, ils s'y enfoncent sous une petite bande de calcaire de Givet, exploitée le long du ruisseau du Riz de la Fosse ; puis ils reparaissent plus au nord, et se prolongent jusqu'à la station de Jemelle, où ils disparaissent définitivement sous le calcaire précité.

Les schistes à *Sp. speciosus* ne se prolongent pas beaucoup plus loin au N. E.; car au N. de Marche à Hampteau, le calcaire à strigocéphales paraît reposer directement sur les schistes à *Sp. cultrijugatus*.

*Schistes à Spirifer cultrijugatus.* — A Couvin, les schistes à *Sp. cultrijugatus* n'ont qu'une épaisseur de 530 mètres ; à Pesch, à 3 kilomètres à l'O. de Couvin, ils sont beaucoup plus épais ; ils occupent un espace de 2 kilomètres, et l'on peut estimer leur puissance environ à 1 000 mètres. On y voit au-dessus des schistes et grès rouges (n° 1, fig. 14, pl. III) :

1° Schistes arénacés verdâtres et Grauwacke, avec *Spirifer micropterus, Leptœna depressa, Chonetes dilatata* (n° 2) ;

2° Schistes et grès verdâtres (n° 3) ;

5° Schistes avec quelques bancs calcaires, avec *Spirifer cultrijugatus*.

On peut les suivre jusqu'en deçà de la frontière, comme les deux couches précédentes.

A l'est de Couvin, l'assise inférieure des schistes à calcéoles forme une bande concentrique aux roches rouges ; on peut les observer sur la rive droite de la Meuse, au S. de Ham ; à l'usine de la Forgette, sur la Houille (fig. 13, pl. III); à l'est de Lesterny, sur la rivière de l'Homme ; à Hampteau, sur l'Ourthe. Dans cette dernière localité, ce sont des grès argileux alternant avec des schistes arénacés, le tout pétri d'encrines. De plus, ils servent de substratum direct au calcaire à strigocéphales, les schistes à *Sp. speciosus* n'existant pas, à 16 kilomètres au N. d'Hampteau, à Izier, on retrouve les mêmes grès à encrines recouvrant le poudingue de Burnot.

Leur épaisseur est considérable, et on peut l'estimer environ à 1,000 mètres; c'est digne d'être noté, car à 5 kilomètres au N. de ce point, près de Xoris, les schistes à calcéoles disparaissent complétement, et le calcaire à strigocéphales est en contact immédiat avec le poudingue de Burnot.

*Résumé.* — Si l'on embrasse d'un coup d'œil général tout ce qui vient d'être dit touchant les schistes à calcéoles, on voit que cet étage, dont l'épaisseur un peu variable, est au minimum de 1 700 mètres, sur la Houille par exemple, se compose de deux assises principales :

La supérieure, composée de schistes et de nodules de calcaire argileux, présentant de point en point des bancs plus ou moins épais, et même quelquefois des lentilles considérables de calcaire compacte.

L'inférieure, spécialement formée de grès argileux, de schistes arénacés, de grauwacke, avec quelques bancs de calcaire argileux subordonnés, au N. de la Forgette par exemple.

Les fossiles trouvés dans ces deux couches sont différents, comme on peut s'en convaincre en jetant les yeux sur le tableau B.

On voit qu'à part certaines espèces qui sont connues de tous les géologues, par leurs pérégrinations, dans les divers étages de la série dévonienne, les deux faunes sont peut-être assez distinctes pour élever les couches qui les renferment au rang d'étages séparés.

Si je n'adopte pas cette opinion, c'est que l'on ne doit pas multiplier les divisions sans nécessité, et que dans tous les points que j'ai étudiés, les schistes à *Sp. speciosus*, et ceux à *Sp. cultrijugatus* sont en stratification parfaitement concordante. Si plus tard on démontrait que dans d'autres localités cette concordance n'existe pas, il y aurait sans doute lieu d'admettre une division, que je crois maintenant prématurée.

Je ne puis terminer l'étude des schistes à calcéoles sans faire observer qu'on ne les trouve pas le long du bord nord du bassin méridional, et qu'ils n'existent en aucun point du bassin septentrional. Dans ces cas, le calcaire à strigocéphales repose directement sur le poudingue de Burnot. Il est par conséquent en stratification transgressive avec les schistes à calcéoles, c'est ce qui explique pourquoi, après leur avoir paru parallèle dans les environs de Couvin, il est venu recouvrir d'abord l'assise supérieure, puis l'assise inférieure.

## 2. CALCAIRE DE GIVET.

Le calcaire de Givet, ou calcaire à strigocéphales (la plus grande partie du calcaire eifelien de Dumont), présente des caractères si tranchés par sa nature minéralogique et par les fossiles qu'il renferme, qu'il a été sujet à peu de discussions ; seulement, les géologues qui s'en sont occupés lui ont donné des appellations différentes. Lorsque M. d'Omalius d'Halloy le distingua, en 1826, du calcaire carbonifère, il le désigna par l'épithète de métallifère, à cause des nombreux filons qu'il renferme ; plus tard il lui donna le nom de calcaire de Givet. Dumont l'appela calcaire eifelien ; F.-A. Rœmer le nomme calcaire à strigocéphales. M. Ferd. Rœmer propose de le désigner sous le nom de calcaire de Paffrath, parce qu'il renferme les fossiles de ce gite célèbre. Tous ces noms lui conviennent parfaitement. On doit donc, pour suivre les règles de la nomenclature, adopter le plus ancien, celui de calcaire de Givet.

Il forme tout autour du bassin méridional une zone continue qui repose sur les schistes à calcéoles entre Rocquignies et Xoris, et qui dans le reste du bassin est directement superposée au poudingue de Burnot. On le retrouve encore dans le bassin septentrional, le long de la grande faille. Nous l'étudierons successivement dans les deux bassins.

### § I. — *Bassin méridional.*

Le calcaire de Givet est presque partout formé de calcaire compacte, d'un bleu très foncé. Il fournit des marbres très estimés. Tel est le Glageon fleuri, qui présente sur un fond noir de nombreux dessins blancs produits par des coupes de gastéropodes dont le test a été spathisé. Tel est un marbre noir parsemé de petites mouches

blanches, exploité à Jemelle près de Rochefort. A Nimes, près de
Couvin, le calcaire est dolomitique dans le voisinage des filons métalliques qui le traversent. Il se réduit en poussière et l'on peut en
extraire facilement les fossiles ; aussi cette localité est-elle célèbre
par les beaux échantillons qu'elle fournit.

Néanmoins il ne faudrait pas croire que les autres parties de
l'étage soient pauvres en corps organisés. Ceux-ci sont, au contraire, généralement très nombreux, mais difficiles à extraire, à
cause de la compacité de la roche.

La faune du calcaire de Givet est bien connue, c'est celle de Paf-
rath ; ses principaux représentants sont :

| | |
|---|---|
| *Macrocheilus arculatus.* | *Murchisonia coronata.* |
| *Eomphalus rotula.* | *Strigocephalus Burtini.* |
| *Rotula heliciformis.* | |

Ces fossiles sont surtout à la partie moyenne. Dans le bas on
trouve d'une manière spéciale *Sp. subcuspidatus* ; à la partie
supérieure, ce sont d'autres espèces : *Sp. aperturatus*. Ce dernier
horizon est celui que j'ai désigné précédemment (1) sous le nom de
couches à gros *Spirifer aperturatus*, et il est souvent schisteux. On
le voit à Glageon, près de Trélon et à l'O. de Givet-Notre-Dame
(voir fig. 25, pl. III, la coupe de cette dernière localité)

A Mâcon, entre Chimay et Trélon, j'ai trouvé à la partie inférieure
du calcaire une faune toute spéciale.

| | |
|---|---|
| *Phacops latifrons.* | *Lucina proavia.* |
| *Orthoceras nodulosus.* | *Pentamerus formosus.* |
| *Gomphoceras inflatum.* | |

Ces fossiles n'existent pas à Peffrath, mais on les retrouve dans
l'Eifel ; je ne les ai rencontrés en aucun autre point de la Belgique.

L'étage du calcaire de Givet sort de dessous les terrains secondaires sur les bords de la petite Helpe à Rocquignies, à l'extrémité
N. du département de l'Aisne. Il s'y présente associé avec des

(1) *Bull., loc. cit.*, p. 368.

schistes renfermant des nodules calcaires; mais un examen attentif et les renseignements obtenus des carriers m'ont prouvé que le calcaire n'est pas mêlé aux schistes, et qu'il y a là une double faille dont le croquis (fig. 16, pl. III) peut donner une idée :

1. Calcaire exploité anciennement sur le territoire de Wignehies (incl. N. 50° O. = 80°).

1'. Calcaire exploité actuellement sur le territoire de Rocquignies (incl. N. 20° E. = 10°).

1''. Calcaire exploité anciennement aux Égurcies (incl. N. 20° O. = 75°).

2. Schistes avec nodules calcaires.

C'est dans les schistes à nodules calcaires que M. Hébert a recueilli en 1855 :

| | |
|---|---|
| *Bronteus Barrandei.* | *Terebratula reticularis.* |
| *Chonetes Pechoti ?* | *Cyathophyllum Michelini.* |

Le calcaire de Givet se continue à l'est vers la Belgique, mais il est presque partout recouvert par le loess. Il y a d'anciennes carrières à Trou-Féron ; celles de Glageon, qui se trouvent au sud du village, sont célèbres, et la description qu'en a donnée M. Élie de Beaumont me dispense de m'y arrêter. Le bourg de Trélon est presque entièrement construit sur le calcaire. Les principales carrières sont à l'est, sur la route de Chimay. On y trouve à la surface du sol de nombreux fragments de strigocéphales ; à la partie supérieure il y a un calcaire bréchiforme, quelquefois employé comme marbre, puis des bancs compactes complétement noirs. Au sud du bourg, une autre carrière fournit un marbre d'un fond bleu-grisâtre, pénétré en tous les sens de veines blanches, qui me paraissent dues en grande partie à des coquilles spathisées; on le désigne sous le nom de Sainte-Anne de Trélon, à cause de son analogie avec le marbre qui porte ce nom à Cousolre et à la Buissière.

De Roquignies à Trélon, le calcaire se dirige de l'est 20°,S. à l'O. 20° N. A partir de Trélon il va sensiblement de l'est à l'ouest. En même temps il se dégage du loess et forme alors des escarpements taillés à pic vers le nord, et que les cours d'eau ne traversent que dans des gorges étroites.

Les carrières que l'on voit à Wallers, sur la droite de la route de Chimay, sont ouvertes dans les bancs inférieurs du calcaire de Givet. Les bancs supérieurs, ceux qui sont exploités à Glageon, passent un peu au sud de l'église. L'épaisseur de l'étage peut être estimée en ce point environ à 400 mètres.

En se prolongeant à l'est, la bande calcaire passe entre Baives et Mâcon, entre Bailièvre et Salles, sous le château de Chimay. A Lompret, une fente étroite et sinueuse produite au milieu des bancs calcaires par la dislocation du sol, livre passage au ruisseau de l'Eau blanche et donne naissance à l'un des sites les plus pittoresques du Hainaut. A Nîmes, une autre ouverture, au fond de laquelle est situé le village, permet à l'Eau noire de se réunir au ruisseau précédent ; la rivière qu'ils forment, nommée Véronin, traverse presque aussitôt en sens contraire le même escarpement entre Dourbes et Olloy, pour couler au milieu des schistes à calcéoles et aller se jeter dans la Meuse à Vireux. Puis la crête calcaire continue d'une manière non interrompue jusqu'à Givet. Là se trouve la grande fracture de la Meuse, bien plus large, bien plus profonde que les précédentes ; les couches y ont pris sur la rive gauche une disposition en éventail ; ainsi, tandis que sous la citadelle de Charlemont, du côté de Givet, elles plongent à l'E. 70°,N., plus au sud, sur la route de Vireux, leur inclinaison se fait à l'E. 87° S. Les strigocéphales y sont nombreux, mais rarement bien conservés ; on les rencontre surtout en gravissant l'escarpement près du signal 225.

A quelques kilomètres à l'est de Givet, entre Fromelenes et Flohimont, une nouvelle brèche livre passage à la Houille, et fournit une excellente coupe (fig. 13, pl. III) des diverses assises du calcaire, qu'y présente une épaisseur de 400 mètres. Les couches plongent au S. 35° E. $=$ 65 à 70°, et paraissent s'enfoncer sous les schistes à calcéoles ; mais ce n'est qu'un de ces renversements si communs dans l'Ardenne, et qui avaient fait croire à M. Bouesnel que les ardoises étaient supérieures au système anthraxifère. Plus à l'est, à Beauraing, le calcaire conserve encore la même inclinaison. Il constitue un escarpement dont la base est formée par des schistes de Famenne, très légèrement inclinés. Sans la nature de la roche on pourrait se croire dans des terrains secondaires. Les schistes sont surmontés par des bancs calcaires également presque horizontaux ; mais à mesure qu'on s'élève, l'inclinaison augmente, et dans les carrières qui sont au bord du plateau, elle atteint 63 degrés. C'est ce que montre la coupe suivante :

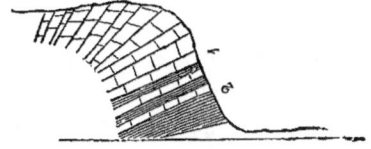

1. Calcaire noir compacte (calcaire de Givet).
2. Schistes avec quelques bancs calcaires intercalés (schistes de Famenne).

Je n'entreprendrai pas de décrire avec détail la disposition du calcaire de Givet, tout le long du bord oriental du bassin anthraxifère, je me contenterai d'indiquer les principales particularités qu'il présente.

On doit citer en première ligne les nombreuses cavernes dont la roche est percée et dont les plus célèbres sont celles de Ham-sur-Lesse, de Jemelles, de Remouchamps, etc. Celle de Ham surtout attire chaque année un nombre considérable de voyageurs, qui vont admirer ses vastes salles tapissées de magnifiques draperies stalactitiques ; mais elle doit surtout sa célébrité à ce qu'elle est traversée par un cours d'eau important, la Lesse, qui y accomplit un trajet souterrain de plus d'un kilomètre. Originairement, cette rivière contournait le promontoire calcaire, à travers lequel elle s'est depuis frayé un passage ; à peine une petite quantité d'eau filtrait à travers les fissures naturelles du rocher ; mais elle le rongeait par son action dissolvante ; elle élargissait les fentes ; en même temps elle rencontrait dans l'intérieur de la montagne des cavités plus grandes dues aux dislocations du sol ; elle les agrandissait encore. Longtemps ce ne fut qu'un gouffre où l'eau entrait et sortait du même côté ; plus tard et toujours par les mêmes causes, il se fit une seconde ouverture à un niveau inférieur ; la rivière s'échappa par ce nouveau passage, et l'ancien lit fut abandonné ; mais on le voit encore autour de la montagne, et l'on peut facilement reconnaître, ce qu'il fut jadis, par les cailloux roulés dont il est couvert. Telle paraît être l'origine de presque toutes les grottes de la Belgique, qu'elles se soient produites dans le calcaire de Givet ou dans le calcaire carbonifère.

Ce n'est pas seulement par leur mode de formation, que ces cavités souterraines attirent l'attention des géologues ; les dépôts qu'elles renferment ont un intérêt plus puissant encore, et les questions qu'ils soulèvent comptent encore aujourd'hui parmi les problèmes les plus difficiles et les plus compliqués des sciences géologiques et historiques. Ce serait sortir complétement de mon sujet que d'en entreprendre l'exposé ; mais je ne pouvais parler des cavernes de la province de Liége sans mentionner au moins les beaux travaux de Schmerling, qui, le premier, trouva des ossements humains appartenant à la race nègre réunis à des espèces de mammifères aujourd'hui éteintes.

A Ozo, au N.-E. de Barvaux, il y a, entre le calcaire compacte et les grès à encrines, des calcaires argileux alternant avec des bancs de schistes ; les seuls fossiles que j'ai pu y recueillir, sont : *Terebratula reticularis*, *T. concentrica*, *Sp. subcuspidatus*. La présence à Flohimont du *Sp. subcuspidatus* à la base du calcaire de Givet, m'engage à placer dans le même étage ces couches d'Ozo que l'on pourrait, au premier abord et eu égard à leurs caractères minéralogiques, considérer comme le représentant de l'assise supérieure des schistes à calcéoles.

Vis-à-vis Xhignesse, sur la rive gauche de l'Ourthe, on commence à voir, à la partie supérieure du calcaire de Givet, des bancs de calcaire gris-blanchâtre pénétré d'une substance schisteuse, verdâtre, comme stéatiteuse, et rempli de polypiers appartenant aux genres *alvéolites*, *favosites* et *cyathophyllum*. Mais ils sont peu déterminables parce que la matière stéatiteuse a bouché toutes les ouvertures.

Au nord de Comblain-la-Tour, l'Ourthe, qui depuis Barvaux coulait au milieu du calcaire dévonien, pénètre dans une pointe du Condros, et ses rives sont formées soit par les psammites à *Sp. Verneuili*, soit par le calcaire carbonifère. Ce n'est qu'à Esneux, à 6 kilomètres au N., qu'elle rentre de nouveau dans le terrain dévonien moyen. Mais là nous nous trouvons sur la bordure nord du bassin anthraxifère. De Comblain-la-Tour à Esneux, la bande du calcaire de Givet forme, avec la direction de l'Ourthe, un trapèze dont la hauteur, représentée par la distance de Comblain-au-Pont à Remouchamps, est de 9 kilomètres, et qui est rempli, comme je viens de le dire, par les psammites du Condros et par le calcaire carbonifère. A Aywailles, près de Remouchamps, elle a une épaisseur de 250 mètres.

On peut du reste, sans se donner la peine de suivre pas à pas les contours du calcaire de Givet par Remouchamps et Souveigne, s'assurer, que le calcaire que l'on rencontre à Esneux appartient bien à cet étage, par l'examen des fossiles qu'il contient, ce sont : *Bellerophon tuberculatus, Eomphalus rotula, Spirifer aperturatus.*

Un peu au N. d'Esneux, auprès du château de Brialmont, une tranchée faite pour la route permet de voir le contact du calcaire et du poudingue de Burnot, on trouve les couches suivantes :

Calcaire compacte ;
Quarz cristallin, 0,50 ;
Grès rouge à grains fins, 0,20 ;
Schistes rouges très contournés.

S'il n'y a pas de discordance de stratification, de ravivement entre ces deux étages, on voit du moins que le calcaire se sépare nettement des roches rouges ; au contraire, lorsqu'il repose sur les schistes à calcéoles, il y passe peu à peu par des bancs de calcaire argileux alternant avec des schistes.

A partir d'Esneux, le calcaire forme une bande continue tout le long du poudingue de Burnot. Cependant Dumont indique une interruption de 18 kilomètres au nord de Gêsve, dans la province de Namur, et les psammites du Condros reposeraient directement sur le poudingue de Burnot. Ce fait tout local n'a rien d'étonnant, et n'est qu'une preuve de plus de l'indépendance des trois systèmes.

Sur la Meuse, le calcaire reparaît à sa place normale. A Rouillon, près de Godime, il a une épaisseur de 400 mètres, j'ai pu y distinguer des coupes de Strigocéphales et de *Murchisonia* ; ces fossiles sont empâtés dans la roche qui est très compacte. En descendant le fleuve jusqu'à l'usine de Taillefer, on voit le calcaire reparaître quatre fois dans des plis du poudingue de Burnot, en diminuant successivement d'épaisseur.

Tout le long de la bande nord, le calcaire de Givet est compacte, d'un bleu noirâtre ; quelques bancs, complétement pétris de gastéropodes, fournissent un marbre assez estimé. Comme cet étage n'offre aucune particularité importante, je passerai tout de suite à sa description sur le territoire français.

Il y pénètre pour ainsi dire avec le chemin de fer du Nord (voir la coupe de Maubeuge à Charleroy, fig. 17, pl. III); un peu avant la frontière se trouvent les importantes carrières de La Buissière qui fournissent le beau marbre gris connu sous le nom de Sainte-Anne-Belge. Les bancs de marbre sont presque horizontaux et surmontés par des calcaires noirs argileux qui renferment : *Orthis striatula, Terebratula reticularis.* D'autres carrières sont exploitées à Solre-sur-Sambre et à Erquelines.

Une faille ramène au jour le poudingue ; et un peu à l'ouest de la station d'Erquelines, à 200 mètres de la frontière, les travaux qu'on a faits pour l'établissement de la gare m'ont permis de prendre la coupe suivante (fig. 18, pl. III) de l'O. à l'E., et par conséquent de haut en bas.

| | |
|---|---|
| Grès verdâtre (n° 1) . . . . . . . . . . . . . . | 12 mètres. |
| Schistes rouges (n° 2) présentant en leur milieu un banc de 4 mètres de quarzite rose (n° 3′) . . . . | 60 — |
| Quarzite rose (n° 3) . . . . . . . . . . . . . . . | 15 — |
| Schistes rouges avec grès (n° 4) . . . . . . . . . | 15 — |

Toutes ces couches plongent au S. 35° O. = 60°. Au N.-E. elles sont recouvertes par une argile verte empâtant de nombreux silex de la craie (n° 5), et au-dessus par du loess (n° 6). En *r* se trouve une poche remplie de schiste et d'argile.

A peine est-on entré sur le territoire français que l'on voit apparaître le calcaire qui se continue jusque près de Maubeuge. A Marpent, on exploite comme marbre un banc pétri de *Murchisonia.* J'y ai trouvé aussi quelques coupes de Strigocéphales et d'un gros gastéropode, probablement le *Macrocheilus arculatus.* Ce banc se trouve vers la partie inférieure de l'étage, et le marbre Sainte-Anne, au contraire, vers la partie supérieure.

Le calcaire passe sous la partie basse de la ville de Maubeuge, et on le retrouve à l'ouest, dans le bois du Tilleul, à l'endroit dit l'Her-

mitage, puis il est caché par les dépôts plus récents et ne vient plus
affleurer qu'aux environs de Bavai. Il est fâcheux que l'espace situé
entre ces deux points soit complétement recouvert, car il serait intéressant de savoir comment la bande calcaire se trouve rejetée à 6 kilomètres au nord de sa direction primitive. Grâce à la petite carte
du sous-sol des environs d'Avesnes, jointe par M. Meugy à son travail sur le gisement du minerai de fer, on peut combler en partie
cette lacune ; il semble en effet résulter de l'inspection de cette carte,
que le bord du bassin était primitivement légèrement contourné, et
qu'il y a là une de ces structures par enchevêtrement dont il a été
question plus haut.

Le calcaire à Strigocéphales des environs de Bavai s'étudie parfaitement en suivant le cours de l'Honeau, depuis Taisnières-sur-Hon
jusqu'au bois d'Angre, en Belgique. On y remarque de nombreuses
fractures, des failles, des plissements qui déroutent au premier abord
et dont on ne peut guère se rendre compte qu'après avoir visité
toutes les carrières ; je crois inutile d'entrer ici dans tous les détails,
et je me contenterai de donner la coupe d'un des principaux acci-
dents que j'y ai rencontrés (voy. fig. 19, pl. III) (1). Le calcaire
des environs de Bavai est tellement compacte qu'on ne peut en extraire que des fossiles peu susceptibles d'être déterminés. Les plus
abondants sont des *Bellerophons* et des *Lucina antiqua.* Le dernier
affleurement calcaire est à l'entrée du bois d'Angre, et je ne sache
pas que des sondages l'aient indiqué au delà, bien qu'il se prolonge
certainement en s'appuyant sur le poudingue de Burnot.

Nous venons de suivre le calcaire de Givet tout autour du bassin
méridional, mais il est des points à l'intérieur de ce bassin où il vient
encore affleurer, par suite des plissements du sol.

Ainsi, sur les bords de la Sambre, en amont de Maubeuge et à
1 kilomètre au nord de Boussière, on trouve le calcaire dévonien
formant une bosse qui sort de dessous les schistes. C'est un calcaire
noir compacte, renfermant : *Macrocheilus arculatus, Productus subaculeatus.* On l'exploite dans deux carrières où les inclinaisons sont

(1) Pour cette coupe et pour quelques autres, l'explication se trouve à la fin
du volume.

différentes; dans la carrière méridionale, les bancs plongent au S. 30° O. de 24°, en s'enfonçant sous les schistes et grès à *Sp. Verneuili*, qui sont exploités à quelques mètres de là. A la carrière septentrionale l'inclinaison est N. 10° E. = 55° ; c'est entre ces deux points que se trouve le sommet de la bosse. Sur la rive droite de la Sambre, en face de l'escarpement dont nous parlons, le terrain est en pente douce, et le calcaire est recouvert par des terrains d'alluvion. Mais il se continue néanmoins, car dans le village d'Haumont, il revient à la surface du sol et y est le siége d'une exploitation.

Sur le chemin de fer, au confluent des ruisseaux de Saint-Remymal-Bàti et de Wargnory, on voit un affleurement de calcaire incliné N. 23° O. = 45°, et recouvert par des schistes fins verdâtres. Ce calcaire qui est à plus d'un kilomètre au S. des carrières dont nous venons de parler, indique une nouvelle selle, dont le prolongement irait passer sous l'église de Boussière. En effet, en remontant la rue qui conduit du Roc à l'église, on rencontre les mêmes schistes argileux verdâtres inclinés vers le nord, qui recouvrent le calcaire au ruisseau de Wargnory.

Au sud-est de Maubeuge, se trouve la petite bande calcaire de Ferrières-la-Grande, et plus à l'est, celle de Cousolre. Cette dernière a une certaine renommée par ses marbres connus sous le nom de Sainte-Anne-Français, à cause de leur analogie avec ceux qui sont exploités à La Buissière et à Solre-sur-Sambre. Ils sont cependant moins estimés. On remarque, en effet, que ce marbre perd de sa beauté à mesure qu'on s'avance vers le sud. Ainsi, celui de Cousolre a moins de prix, non-seulement que celui de La Buissière, le plus beau de tous, mais même que ceux de Bersillies et de Bousignies, villages situés entre ces deux localités; il est, au contraire, préféré à celui d'Hestrud, qui se trouve à 5 kilomètres au sud. Enfin à Trélon, sur le bord méridional du bassin, il ne mérite pas les frais d'une exploitation régulière.

La Thure coule de Cousolre à Solre-sur-Sambre, dans une direction perpendiculaire aux couches, et nous fournit ainsi une coupe naturelle d'autant plus intéressante, que l'on peut la contrôler et la compléter en suivant le ruisseau de Hantes, dont le cours est parallèle à celui de la Thure (*voir* fig. 20, pl. III).

On voit là de la manière la plus nette et sur une courte distance un des meilleurs exemples des nombreux plissements qui affectent toute la contrée que nous étudions. Toutefois les dislocations n'ont pas été assez profondes pour amener à la surface le poudingue de Burnot, et le noyau des bosses calcaires est presque toujours formé par le marbre de Sainte-Anne, qui se présente en bancs épais de 4 mètres. Il est surmonté d'environ 100 mètres de calcaire noir compacte, au milieu duquel on trouve à Bersillies des schistes rougeâtres pétris de *Favosites*, et tout à fait à la partie supérieure est un calcaire schistoïde noduleux.

La bande de calcaire dévonien de Cousolre se prolonge, avec les mêmes caractères, sur le territoire belge, en passant par Beaumont, jusqu'à Boussu-lez-Valcourt. Cependant il y a à Leval-Chaudeville, un peu à l'ouest de Beaumont, une petite interruption remplie par les schistes du dévonien supérieur; c'est une faille qui a rejeté la partie orientale du massif calcaire à 500 mètres en arrière de sa position primitive.

De nouveaux affleurements du calcaire de Givet, moins étendus toutefois que les précédents, se voient à Renlies et à Hestrud. Dans cette dernière localité, le marbre Sainte-Anne est intercalé entre deux masses de calcaire noir compacte. Dans la masse supérieure, il y a une poche remplie de sable quarzeux jaunâtre; sur les parois, le calcaire se désagrège facilement, et l'on peut ainsi se procurer quelques fossiles. Ce sont des gastéropodes qui y dominent.

Enfin il existe, près de Philippeville, un massif calcaire dévonien formé en grande partie par le calcaire à *T. cuboïdes*, le calcaire de Givet s'y trouve peut-être aussi; mais comme je n'ai pas pu le constater d'une manière certaine, je renverrai l'étude de tout cet ensemble au chapitre suivant.

*Résumé.* — Si nous cherchons à résumer ce qui vient d'être dit du calcaire de Givet, on voit qu'il forme une ceinture continue tout autour du bassin méridional, reposant sur le poudingue de Burnot, soit directement, soit par l'intermédiaire des schistes à calcéoles. Au sud et au nord, c'est un calcaire bleu foncé ou noir, compacte, non cristallin, très rarement siliceux; au N., il offre, au moins dans quelques-unes de ses parties, un aspect verdâtre stéatiteux. Enfin il renferme un

grand nombre de cavernes, et il est souvent percé par des filons métalliques. Cette circonstance est plus rare dans la partie nord; cependant, à Solre-Saint-Géry, près de Beaumont, on a exploité des mines
de plomb et de zinc. On trouvera au tableau C la liste des principaux fossiles que j'ai rencontrés dans cet étage.

## § II. — *Bassin septentrional*

Dans le bassin septentrional, le calcaire de Givet ne constitue pas
une ceinture complète comme dans le bassin méridional, il forme
seulement le long de la grande faille une zone qui s'étend de Landlies
près de Charleroy, à Liége.

Vis-à-vis le village de Landlies, près du pont, il y a une carrière
de calcaire dont voici la coupe (fig. 24, pl. III) :

1. Schistes argileux finement feuilletés ; 5 mètres visibles.

2. Schistes avec nodules calcaires et bancs de calcaire argileux intercalé; on y trouve *Acervularia Goldfusi, Spirifer* du groupe des *Aperturati;*
8 mètres.

3. Calcaire compacte (inclin. N. 70° O. $= 10°$): il paraît avoir plus
d'épaisseur de l'autre côté du canal ; 10 mètres.

4. Schistes rouges calcarifères avec nombreux *Acervularia Goldfussi;*
$1^m,50$, visible.

5. Schistes satinés et ondulés avec filons de quarz et quarzites, présentant dans le haut une inclinaison N. 30° O.; 15 mètres visibles.

6. Grès et quarzites gris-verdâtre inclinés S. 70° E.

Les couches 5 et 6 appartiennent à la partie inférieure du poudingue de Burnot, et se continuent vers le sud, avec la même inclinaison au S.-O. Les autres couches sont au contraire en stratification
discordante avec les précédentes, et il est bien regrettable que la
végétation cache entièrement le contact. On pourrait croire, au premier abord, qu'il y a également discordance de stratification, entre
les couches 2 et 3 ; mais ce n'es là que le résultat d'un éboulement.
Du reste la présence des mêmes polypiers, dans les couches 2 et 4,
ne permet pas de les placer dans deux étages différents. Si on s'a-
vance vers le nord, on voit les schistes avec nodules calcaires s'en-

foncer de nouveau avec une inclinaison un peu forte sous des schistes feuilletés ; ceux-ci sont surmontés par les psammites du Condros, puis par le calcaire carbonifère (voir fig. 17, pl. III). Si au contraire on se dirige vers le sud, dans le bois qui couvre la rive droite de la Sambre, on trouve une succession de grès et de quarzites gris, surmontés de grès rouges près du tunnel du chemin de fer, entre Landlies et l'abbaye d'Aulne. Dans deux ou trois points au milieu des grès, de petits rochers de calcaire ont été anciennement exploités. La végétation cache entièrement les rapports avec les roches environnantes, et je ne puis croire qu'ils forment des bancs réguliers au milieu des grès du poudingue de Burnot ; ce serait un exemple unique, et qui me semble peu probable ; j'aime mieux admettre que ce sont des fragments très volumineux qui se sont détachés de la masse calcaire principale à l'époque des grands mouvements qui ont plissé la contrée, ou même postérieurement, lors de la formation de la vallée de la Sambre ; car depuis Landrecies jusqu'à Namur, cette rivière coule dans une fracture plus ou moins profonde.

Un chemin qui monte au sud de la carrière conduit à la route de Marchienne au Pont ; en suivant ce sentier, on est tout étonné de voir disparaître le calcaire, les schistes feuilletés reposant directement sur le poudingue de Burnot. Si on avance un peu plus à l'est, sur le territoire de Montigny-le-Tilleul, on rencontre des exploitations de houille ; ce sont alors les grès et les schistes houillers qui sont en contact avec le poudingue de Burnot, et qui paraissent même s'enfoncer dessous ; toutes ces dispositions anormales ne doivent pas nous surprendre, puisque nous sommes dans une zone de dislocation.

Le calcaire dévonien reparaît à l'est de ce golfe formé par le terrain carbonifère. Ainsi à Presles, près de Châtelet, une tranchée faite pour la route fournit une excellente coupe ; on y voit du sud au nord (fig. 22, pl. III) :

1. Schistes et grauwacke vert-brunâtre, rapportée par Dumont au terrain rhénan. Le poudingue de Burnot est plus au sud, reposant en stratification concordante sur cette roche.
2. Quarzite . . . . . . . . . . . . . . . . . . . 3 mètres.
3. Filon de quarz laiteux . . . . . . . . . . . . . 0,20

G.                                             5

4. Schistes rouges très friables. . . . . . . . . . . .    20

5. Calcaire en bancs irréguliers, ⎫
avec schistes. . . . . . . . . . . ⎬Calcaire de Givet. . . .    30
6. Calcaire compacte. . . . . . ⎭

7. Grès schistoïde et psammite (psammites du Condros). Il y a au centre un banc de psammite rouge très micacé, 100 mètres. Ils s'appuient sur le calcaire carbonifère.

Cette coupe est très intéressante, car elle nous montre l'endroit précis de la faille ; nous voyons en outre qu'un filon de quarz hyalin s'est fait jour par cette ouverture et a transformé en quarzites les schistes avoisinants.

A Dave, sur la rive droite de la Meuse, on voit, au nord du village, le calcaire, au sud, les schistes du terrain rhénan ; mais le contact est caché par une vallée. En face, sur la rive gauche, il y a entre ces deux étages un rocher de poudingue, ayant une épaisseur de 10 m. environ et plongeant au S. 20° O. Il paraît par conséquent s'enfoncer sous le terrain rhénan. On peut observer que tout le long de la faille l'inclinaison est renversée. Le rocher est formé de deux bancs de poudingue de 2 à 3 mètres d'épaisseur, séparés par un banc de grès de 3 mètres. Le poudingue est composé de galets de quarz hyalin réunis par un ciment siliceux brunâtre.

A Huy, le sol a été fortement disloqué, et si l'on fait une coupe perpendiculaire à la direction des couches, on retrouvera le calcaire dévonien sur plusieurs points : il forme entre autres les escarpements de la citadelle. On y remarque un banc stéatiteux rempli de polypiers (*Alveolites subæqualis, Favosites cervicornis ?*). Une description complète de cette localité, quelque intéressante qu'elle puisse être, ne doit pas trouver place dans ce travail. Je me bornerai donc à étudier le mode de jonction du calcaire avec le terrain rhénan. On peut très bien l'observer sur la rive droite de la Meuse, dans un chemin qui descend de Saint-Léonhard à Huy (fig. 23, pl. III).

L'ancienne église de Saint-Léonhard est construite au contact des schistes du dévonien supérieur (n° 1) avec le calcaire de Givet (n° 2). Celui-ci est suivi d'un banc de poudingue rouge, formé de galets peu volumineux, réunis par un ciment schisteux (n° 3). Puis vient une seconde masse calcaire (n° 2'), également accompagnée de poudingue (n° 3′). Il ne faudrait cependant pas croire qu'il y a eu alternance dans le dépôt de ces deux roches. L'aspect qu'elles offrent aujourd'hui est dû à une cassure et au relèvement de deux tronçons de la couche primitive. Au sud de la seconde bande de poudingue, on voit les schistes coblentziens (n° 4).

On retrouve le calcaire dévonien sur la rive gauche de la Meuse, à l'entrée du vallon d'Avirs, entre Engis et Chokuier ; puis sur les bords de l'Ourthe, vis-à-vis l'usine de Joba, et il se continue du côté de Chaudefontaine, dans le bassin anthraxifère d'Aix-la-Chapelle.

Depuis que nous suivons la bande calcaire du bassin septentrional, nous l'avons toujours vue nettement séparée de son analogue du bassin méridional. Sur les bords de l'Ourthe, il n'en est plus de même, et une succession de massifs calcaires que l'on observe dans le poudingue de Burnot, depuis Joba jusqu'à Esneux, relie ces deux bandes principales. Dans divers points, le calcaire est fragmentaire à la partie inférieure ; on dirait que ce sont des schistes qui ont été imprégnés de matière calcaire, disposition tout à fait identique avec le banc inférieur du même étage, à Landlies. Vers la partie moyenne, on retrouve aussi les bancs d'Huy, stéatiteux, verdâtres, pétris d'*alveolites* et de *favosites* ; on se rappelle que ce calcaire stéatiteux est aussi très développé dans le N.-E. du bassin méridional ; enfin, à la partie supérieure, le calcaire est bleu compacte.

La continuité de caractères minéralogiques entre le calcaire de la bande d'Huy, et le calcaire à strigocéphales du bassin méridional permet d'identifier ces deux roches, malgré l'absence de tout fossile caractéristique de l'étage de Givet dans le premier calcaire.

De Joba à Esneux, les divers lambeaux de calcaire que l'on trouve en suivant l'Ourthe, reposent tantôt sur le poudingue à gros éléments, tantôt sur les schistes rouges, tantôt sur les grès rouges et verts. Cette circonstance montre une fois de plus que ces deux roches sont en stratification transgressive.

A Huy, et vis-à-vis Dave, je n'ai pas vu le calcaire fragmentaire à la base de l'étage ; mais on trouve entre le calcaire normal et les bords de la faille, un poudingue rouge fort analogue au poudingue de Burnot, et qui a été rapporté à cet étage par Dumont. Je développerai plus tard plusieurs raisons qui s'opposent à ce que j'adopte cette opinion. Je n'en mentionnerai qu'une pour le moment. A 520 mètres au sud de Dave, à 1 kilomètre au sud d'Huy, on retrouve le véritable poudingue de Burnot avec un développement de 1750 et de 1200 mètres, et l'on veut qu'à une distance aussi faible il ne soit plus représenté que par une couche de 10 à 20 mètres? Mais, me dira-t-on, entre ces deux points, il y a une faille ; une partie seulement du poudingue est sortie de terre. Cette objection serait valable si les différentes assises du bassin septentrional avaient encore leur superposition primitive; on comprendrait alors qu'en creusant le long de la faille on pourrait trouver toute la masse de l'étage quarzoschisteux, les schistes rouges et les grès verts. Mais, à cause du renversement, le poudingue surmonte le calcaire et devrait être lui-même recouvert par les schistes rouges et les grès verts. Comment supposer alors que ceux-ci soient cachés ? D'ailleurs Dumont admet un plissement là où je signale une faille (1). Cette opinion qui, du reste, est contraire aux faits, est moins favorable encore à l'hypothèse qui fait du poudingue si mince d'Huy et de Dave le prolongement du volumineux poudingue de Burnot.

Je résume donc mon opinion en disant que le calcaire de Givet a commencé dans le bassin septentrional par le dépôt d'un conglomérat coloré en rouge ; que ce conglomérat n'est que local ; dans certains points il est remplacé par des schistes dont la partie supérieure alterne avec des bancs de calcaire irréguliers (Presles), ou par des schistes rouges ou gris pénétrés de substance calcaire (Landlies, bord de l'Ourthe).

(1) Coupe de la Meuse, *Bull. de la Soc. géol.*, t. VI.

### 3. COUCHES A TEREBRATULA CUBOIDES ET SCHISTES DE FAMENNE.

*Sommaire.* A. *Couches à Terebratula cuboides* le long de l'escarpement du calcaire de Givet : Description de ces couches dans les environs de Couvin. — Leur disposition à l'ouest de cette ville ; dans les environs de Givet. — Considérations générales sur cette disposition. — B. *Schistes de Famenne :* Composition minéralogique. — Faune. — Replis des calcaires à *T. cuboides* au milieu des schistes de Famenne, dans les environsde Philippeville, à Rance, etc. — Forêt de Fagne. — Stratification transgressive des schistes de Famenne sur les couches à *T. cuboides.* — Division de l'étage en trois assises.

A. *Couches à T. cuboides le long de l'escarpement du calcaire de Givet.*

La route de Couvin à Marienbourg profite, pour franchir l'escarpement du calcaire de Givet, d'une faille assez large qui livre également passage à l'Eau noire et au chemin de fer. Après avoir dépassé le calcaire on rencontre des schistes argileux fort analogues aux schistes à calcéoles, mais renfermant une faune toute différente. Ce sont :

| | |
|---|---|
| *Terebratula concentrica.* | *Orthis striatula.* |
| *T. cuboides.* | *Productus subaculeatus.* |
| *Spirifer disjunctus.* | |

Ces schistes s'observent très bien dans une tranchée du chemin de fer avant d'arriver à Frasmes ; ils renferment des bancs intercalés de calcaire bleu compacte, et dans certains points des lames de calcaire cristallin à texture fibreuse. Dans le village de Frasmes, on exploite des calcaires noirs ou bleus foncés très compactes, supérieurs aux schistes précédents. Ils sont surmontés d'autres calcaires bleus pâles, très épais, d'un aspect cristallin, renfermant :

| | |
|---|---|
| *Goniatites retrorsus* | *Terebratula elongata.* |
| *Pentamerus galeatus.* | *Productus subaculeatus.* |

Ces calcaires forment au delà du calcaire de Givet comme un rempart extérieur aussi élevé que le premier. Du haut de l'escarpement on domine la ville de Marienbourg et toute la vallée de l'Eau blanche.

On voit à ses pieds, du côté de Marienbourg, comme un petit fortin calcaire. Ce petit mamelon est formé d'un calcaire gris veiné de rose, sans stratification apparente renfermant *Terebratula cuboides* et *T. pugnus*. Il a très peu d'étendue ; il est environné de toutes parts par des schistes remplis de nodules calcaires, d'*Orthis striatula*, de *Spirifer euryglossus*, *Terebratula cuboides*, *Acervularia*, *Favorites cervicornis*. Peut-être se trouve-t-il intercalé dans ces couches. Mais dans la coupe que j'ai donnée, j'ai supposé qu'il formait le sommet d'un petit plissement, et que son prolongement est appliqué contre le calcaire bleu saccharoïde. En effet, si on suit l'escarpement de ce dernier calcaire jusque dans le village de Boussu-en-Fagne, on arrive à des carrières où il est exploité pour pierres à chaux et dont la coupe suit :

*Carrière du four à chaux de Boussu-en-Fagne.*

Fig. 3.

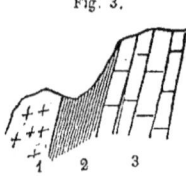

1. Calcaire gris cristallin, pétri de polypiers.

2. Schiste avec lentilles calcaires renfermant en très grande quantité : *T. concentrica, T. pugnus, Encrines, Polypiers*. Épaisseur, 10 mètres.

3. Calcaire rouge exploité pour marbre (*Terebratula cuboides*).

Ce calcaire n° 1 est bien le même que celui du petit mamelon de Frasmes, mais les schistes n° 3 diffèrent des schistes à *Spirifer euryglossus* de ce dernier village par leur aspect minéralogique et par leur épaisseur moins considérable (la largeur de la bande schisteuse de Frasmes est de 200 mètres), circonstances importantes, vu la petite distance (2 kilomètres) qui sépare les deux villages.

A Frasmes, en avant du petit mamelon de calcaire rouge, et au-dessus des schistes à *Spirifer euryglossus*, on trouve d'autres schistes d'un grain plus fin, se divisant en petites lames minces, dures, se brisant avec bruit sous les pas. Ils renferment : *Cardium palmatura, Goniatiles retrorsus, G. calculiformis*. Ces fossiles sont transformés en limonite, et on ne peut pas les distinguer de ceux de la couche analogue de Büdeshein dans l'Eifel. Les schistes à *Cardium palmatum* sont surmontés par les schistes de Famenne, que l'on peut suivre jusqu'à Marienbourg et bien au delà.

Les diverses couches que nous avons observées jusqu'ici au-dessus du calcaire du Givet, sont donc les suivantes dans l'ordre ascendant :

1° Schistes argileux avec *T. cuboides, Sp. disjunctus, Orthis striatula*. . . . . . . . . . . . . . . . . . . . . . . . 175$^m$

2° Calcaire compacte bleu foncé . .
3° Calcaire cristallin, gris-bleuâtre à  Calcaire de Frasmes. . 300
   *Goniatites retrorsus*. . . . . .

4° Schistes à Polypiers et *T. pugnus* . . . . . . . . . . 10
5° Calcaire bigarré, sans stratification (*T. Cuboides, T. Pugnus*) 20
6° Schistes à *Orthis striatula, Sp. euryglossus* . . . . . . . 50
7° Schistes à *Cardium palmatum* et *Goniatites retrorsus* . . . 50
                                                               605

Ces assises présentent avec les étages sous-jacents plusieurs différences importantes. C'est d'abord leur grande diversité sur une épaisseur relativement peu considérable, puis la variabilité de leur composition suivant les points où on les observe. Aussi pour en prendre une idée quelque peu nette, devons-nous les suivre presque pas à pas.

Au four à chaux de Boussu-en-Fagne, les schistes à *Cardium palmatum* n'existent pas, et les schistes de Famenne s'appuient directement sur le calcaire bigarré. En s'avançant toujours vers l'ouest, on voit le calcaire bigarré disparaître, puis le calcaire cristallin, et enfin le calcaire bleu compacte qui est exploité aux dernières maisons du village. Les schistes de Famenne viennent alors se confondre avec les schistes à *T. cuboides*, que nous avons déjà observés dans la tranchée du chemin de fer. Entre Amblain et Longpret, on trouve le long du chemin de fer, au milieu des schistes, une petite butte de 5 ou 6 mètres carrés, formé par le calcaire gris. Au sud il y a une petite crète calcaire allongée qui va couper le chemin de fer près de la station de Longpret. Elle représente les bancs de calcaire compacte qui se trouvent à Frasmes au milieu des schistes à *Terebratula cuboides* (n° 1). Ces schistes sont très développés à la station de Longpret, j'y ai recueilli :

| | |
|---|---|
| *Terebratula concentrica.* | *Spirifer nudus.* |
| *T. cuboides.* | *Sp. Verneuili.* |
| *T. semilœmis.* | *Productus subaculeatus.* |
| *Spirifer euryglossus.* | |

Lorsqu'on se dirige de Chimay vers Beaumont, par la grande route, on rencontre à l'extrémité du parc du prince du Chimay, la fin du calcaire de Givet; quelques mètres plus loin, près de la ferme de la Maladrerie, la route coupe des schistes avec nodules calcaires très abondants, remplis de *Terebratula concentrica* et *reticularis*, *Receptaculites Neptuni, Favosites cervicornis*. M. Ferd. Rœmer les cite et les nomme schistes à Receptaculites. Ils représentent les schistes à *T. cuboides* du chemin de fer de Frasnes. Ils sont surmontés par le calcaire de Frasnes qui supporte la ferme.

Entre Baives et Wallers, près de la petite chapelle de Notre-Dame-des-Monts, il y a une carrière de calcaire à fond gris veiné de rouge (calcaire bigarré), sans stratification apparente; plus au nord les veines rouges ont disparu, et le calcaire forme des bancs qui plongent au N. 10° O. = 45°. Enfin vers l'extrémité nord de la colline, une troisième carrière présente un calcaire gris alternant avec des bancs de schistes très riches en fossiles :

| | |
|---|---|
| *Terebratula concentrica.* | *Acervularia.* |
| *T. Pugnus.* | *Favosites cervicornis.* |
| *T. elongata.* | *Alveolites subœqualis.* |
| *Spirifer tenticulum.* | |

Dans le calcaire bigarré je n'ai pas trouvé de fossiles ; mais dans une autre carrière, sur le versant sud de la colline, on exploite un calcaire gris sans stratification, qui paraît être le prolongement du précédent, il renferme :

| | |
|---|---|
| *Bronteus flabellifer.* | *Productus subaculeatus.* |
| *Terebratula cuboides.* | *Receptaculites rombifer.* |
| *T.*    *pugnus.* | |

Ce calcaire est séparé du calcaire de Givet par 100 mètres de schistes à *T. cuboides, Orthis striatula*. Si l'on réfléchit sur ce que je viens de dire de la composition de la colline de Notre-Dame-des-Monts, on sera frappé des différences que ces couches présentent avec leurs analogues des environs de Couvin. Les schistes de la carrière septentrionale représentent exactement les schistes n° 4 de Boussu-en-Fagne, mais ils ne sont plus surmontés par le calcaire bigarré. Celui-ci se trouve à la base du calcaire gris et y occupe la place du calcaire bleu de Frasmes.

Nous pouvons donc conclure dès à présent, que ces différentes couches dont le fossile le plus caractéristique, sinon le plus abondant, est le *T. cuboides*, forment un ensemble très variable par sa composition minéralogique et par l'agencement de ses divers membres, mais très constant par sa faune. A la Chapelle-des-Monts, elles ont une épaisseur totale de 550 mètres dont 450 de calcaire.

Les bancs de calcaire à *T. cuboides* se prolongent jusque sous le village de Wallers, et paraissent cesser brusquement pour faire place aux schistes. On ne les retrouve plus qu'à l'ouest de Trélon, dans le bois de Surmont; on a là un petit massif de calcaire bigarré, avec *T. pugnus* et *T. cuboides*. Enfin, le dernier affleurement occidental a lieu à Trou-Férou. C'est un calcaire bleu-grisâtre avec veines blanches. J'y ai recueilli :

| | |
|---|---|
| *Terebratula cuboides.* | *Spirifer lævigatus.* |
| *Pentamerus galeatus.* | *Sp. conoideus.* |

Ce calcaire s'appuie directement sur le calcaire de Givet, exploité à Rocquignies, et il est recouvert par les schistes de Famenne. Il représente à lui seul toutes les couches à *T. cuboides*. La composition de ces assises se simplifie donc considérablement quand on s'éloigne de Couvin vers l'ouest. Nous allons voir qu'il en est de même quand on se dirige vers l'est.

Lorsqu'en suivant à l'extérieur l'escarpement du calcaire à strigocéphales, on approche de Givet, le calcaire à *T. cuboides* ne forme plus que de petits mamelons isolés au milieu des schistes; ainsi, entre Matagne la Petite et Romerée, au nord de Gimenée, etc.; à l'ouest de Givet, à une centaine de mètres au nord de l'église de Fromelennes, on trouve un piton de même genre exploité comme marbre (voir fig. 13, pl. III). Les schistes qui entourent ces îlots de calcaire bigarré sont presque toujours des schistes durs, cassants ressemblant complétement aux schistes à *Cardium palmatum* de Frasmes ; mais je n'y ai pas encore trouvé de fossiles.

A Fromelennes, le calcaire et les schistes qui l'accompagnent immédiatement, reposent sur d'autres schistes plus grossiers, remplis de nodules et même de bancs de calcaire argileux, et qui s'appuient directement sur le calcaire à strigocéphales. Ce sont les couches que l'on retrouve partout entre le calcaire à *T. cuboïdes* et le calcaire de Givet, et qui sont si développées aux environs de Frasmes et à la station de Longpret.

Si l'on remonte le petit ruisseau de Schloup en se dirigeant vers le N.-O., on parcourt une distance de 1300 mètres dans des prairies sur des alluvions ; mais à peine a-t-on traversé la route de Givet à Beauraing, que l'on retrouve le terrain dévonien formant des collines boisées. Ce sont les schistes de Famenne qui renferment une variété particulière de *T. cuboïdes ;* un peu plus au nord, dans le bois de l'Abbaye, les mêmes schistes présentent de petites lentilles calcaires, où l'on trouve en abondance *T. Walhembergi, Productus subaculeatus.*

Si, au lieu de faire la coupe dans la direction de la houille, à l'ouest de Givet, nous l'avions faite en suivant les bords de la Meuse, nous eussions rencontré au sortir de la ville les schistes à *T. Walhenbergi* que je viens de signaler (voir la coupe fig. 24, pl. III). On peut les suivre, toujours avec la même inclinaison vers le nord, jusque dans le village de Heer, où l'on trouve le calcaire bigarré sans stratification ; il est recouvert par les mêmes schistes qui conservent leur inclinaison vers le nord. Le calcaire bigarré forme donc là un petit massif intercalé au milieu des schistes dont il n'a nullement dérangé la stratification. Tel est son peu d'étendue qu'à l'ouest de la carrière sur la rive gauche de la Meuse, et à l'est sur la route de Givet, on n'en voit aucune trace et on ne rencontre qu'une succession non interrompue de schistes à *T. Walhenbergi.* Quelle est la position du calcaire de Heer par rapport à ces schistes ? La question a de l'importance, car M. Hébert a trouvé au fort des Vignes, près de Givet, dans les schistes à *T. Walhenbergi,* des Goniatites et des Orthocères qui semblent au premier abord en faire l'équivalent des schistes à *Cardium palmatum* de Frasmes et de Büdesheim. Or, nous avons vu qu'à Frasmes ils sont placés au-dessus du calcaire bigarré, tandis qu'ici ils leur paraissent inférieurs.

J'ai dit quelques lignes plus haut qu'à Fromelennes, à 2 kilomètres à l'est de Givet, les schistes à T. Walhenbergi sont manifestement supérieurs au calcaire bigarré. A Givet, il est vrai, celui-ci n'existe pas, et les schistes du fort des Vignes reposent sur les schistes avec nodules et bancs de calcaire argileux inférieurs au calcaire bigarré de Fromelennes (voir fig. 24, pl. III). J'ai déjà montré suffisamment que l'irrégularité formait en quelque sorte le caractère normal des couches à *T. cuboides*, pour que l'on soit étonné de sa disparition dans cet endroit. Par conséquent si le calcaire de Heer est réellement supérieur aux schistes du fort des Vignes, il est différent de celui de Fromelennes, et l'on doit considérer deux bancs distincts de calcaire bigarré. Rien ne s'oppose précisément à cette manière de voir ; c'était celle de Dumont, il croyait que le calcaire de Heer formait comme un gros nodule au milieu des schistes. Cependant j'aime mieux adopter une autre opinion, c'est que ce petit piton est venu au jour par suite d'un plissement, les schistes formant entre Givet et Heer un V incliné ; il me paraît être le prolongement extrême d'une série de petits mamelons de même nature qui, en passant par Agimont, Gochenée, Surice, se relient avec la bande de Philippeville, dont il sera question plus loin.

Ajoutons enfin, pour ne plus avoir à revenir sur ce sujet, que les schistes à Goniatites et à Orthocères du fort des Vignes ne me paraissent pas l'équivalent exact des schistes à Goniatites de Frasmes. Quoiqu'il y ait une grande analogie de faune, parmi les espèces déterminables, je n'en ai pas trouvé *une* commune aux deux localités. Aussi je n'hésite pas à placer les schistes du fort des Vignes dans les schistes de Famenne. Une autre circonstance vient à l'appui de cette différence paléontologique : à Frasmes, comme nous allons le voir, on trouve au-dessus des schistes à Goniatites, la même variété de *T. cuboides* qui existe sur les bords du Schloup à la base des schistes à *T. Walhenbergi*, et je ne la connais qu'à ce niveau.

Je me suis étendu sur l'étude du calcaire à *T. cuboides* dans les environs de Givet, parce que cette localité est française, et qu'elle est souvent visitée par les géologues. Décrire les différents affleurements qu'on retrouve à l'ouest, ne produirait qu'une série de redites inutiles, et fastidieuses. Je me bornerai donc à indiquer que le dernier indice de cette roche que j'ai rencontré en suivant le bord méridional du bassin anthraxifère, est à Hamoir au N. de Barvaux. Dans ce village, aussitôt après avoir passé le pont sur l'Ourthe à l'entrée du chemin de Filon on trouve la coupe suivante :

1. Calcaire de Givet.
2. Calcaire impur et schistes calcaire 15 mètres.
3. Calcaire rosâtre avec veines blanches, 10.

Dans la couche n° 2 j'ai recueilli *Terebratula pugnus*, *Spirifer Archiaci*, *Orthis striatula*.

Plus loin, à l'est, et tout le long du bord septentrional, le calcaire à *Terebratula cuboides* n'existe pas, et les schistes de Famenne reposent directement sur le calcaire de Givet.

Une roche qui présente une couleur aussi remarquable, qui fournit à l'industrie des marbres aussi estimés, ne pouvait manquer d'attirer l'attention des géologues. M. d'Omalius d'Halloy la cite à Saint-Remy près de Rochefort, M. Cauchy en décrit de nombreux gisements ; mais pour tous sa singulière disposition est un problème indéchiffrable. Dumont n'a rien écrit, que je sache, sur ce sujet. Dans la carte il colore les calcaires à *Terebratula cuboïdes* de la même teinte que le calcaire à Strigocéphales. Je suis cependant bien loin de penser qu'un observateur aussi éminent ait pu se tromper au point de confondre ces deux calcaires. Il ne nous a malheureusement pas laissé de documents plus explicites pour apprécier son opinion. Il admettait probablement qu'à leur limite deux systèmes voisins pouvaient alterner ensemble ; ainsi, tandis qu'il rapportait au système calcareux inférieur, toutes les parties calcaires des couches à *T. cuboides*, il rangeait dans le quarzoschisteux supérieur toutes les parties schisteuses qui se trouvent entre les précédentes. Quoi qu'il en soit, l'opinion de Dumont sur la disposition de ces couches n'est indiquée nulle part. J'ai appris par les élèves de cet éminent professeur qu'il les considérait comme des sortes de lentilles, de nodules, intercalés au milieu des schistes. Cette idée peut expliquer parfaitement la disposition de ces petits pitons de calcaire bigarrés, comme ceux de Heer, de Gochenée, de Fromelennes, etc. Mais on ne saurait l'appliquer au calcaire de Frasmes et de Philippeville qui a une épaisseur de 300 mètres, et qui à Boussu-en-Fagne, disparaît subitement pour aller reparaître un peu plus loin.

On pourrait croire dans ce cas, qu'il y a entre les dépôts du calcaire à *T. cuboides* et des schistes de Famenne un ravinement considérable. Supposons, en effet, que les vallées tertiaires des environs de Paris soient comblées par des sédiments d'une nature quelconque, et que le sol éprouve des plissements analogues à ceux qui ont affecté le Hainaut. Partout où les collines tertiaires, telles que les buttes Sannois, de Montmorency, etc., seront ramenées au jour, elles formeront des sortes de cap au milieu de la nouvelle masse sédimentaire. Dans les endroits qui correspondaient aux anciennes vallées, à la plaine Saint-Denis par exemple, on ne trouverait ni le terrain miocène, ni le gypse, et les nouveaux sédiments recouvriraient directement le calcaire de Saint-Ouen. Ainsi entre Boussu-en-Fagne et Virelles, les schistes de Famenne s'appuient immédiatement sur l'assise inférieure des couches à *T. cuboides*, tandis qu'aux deux points extrêmes la série est complète. On comprend parfaitement dans ce cas, que les schistes à *Cardium palmatum* qui formaient la partie supérieure des couches à *T. cuboides* aient été enlevés presque complétement lors des ravinements, et ne se retrouvent plus maintenant que sur quelques points. Cependant quelque séduisante que cette hypothèse paraisse au premier coup d'œil, je ne puis l'adopter. Si je l'ai exposée ici, c'est plutôt pour avoir l'occasion d'expliquer par une comparaison la disposition si anormale que j'ai observée ; les ravinements qu'elle suppose devraient être très considérables, puisque dans certains points il faudrait admettre l'enlèvement de couches épaisses de 400 mètres. Ce serait le premier exemple dans les temps géologiques, d'un phénomène analogue au creusement des vallées actuelles. Pour introduire dans la science un fait de cette importance, il faudrait des preuves plus évidentes et des observations plus générales que celles que je puis fournir dans cette circonstance. Ajoutons une nouvelle difficulté. Nous sommes habitués à cette idée, que lorsqu'un phénomène de l'ordre d'une dénudation, d'un ravinement même d'une faible importance, vient à se produire entre deux couches, il coïncide toujours avec un changement dans la faune. Or, dans le cas qui nous occupe, on trouve qu'il n'en est rien. Les schistes de Famenne diffèrent à peine par leurs caractères paléontologiques des couches à *T. cuboides*, et je serai obligé de les réunir dans le même étage. C'est encore là une objection grave à l'hypothèse d'un ravinement. Ainsi la difficulté théorique reste tout entière, et sous ce rapport j'ai le regret de n'avoir pu faire faire un pas à la question. Il est donc d'autant plus nécessaire de bien préciser les faits; je vais les résumer en quelques mots.

L'assise à *T. cuboides* est formée de plusieurs couches alternativement schisteuses et calcaires, et liées entre elles par une faune commune.

Elle se trouve dans tout son pourtour profondément échancrée, et ces sinus sont remplis par les schistes de Famenne; elle peut même quelquefois disparaître entièrement.

La partie la plus remarquable de cette assise est un calcaire compacte, sans stratification, gris veiné de rouge et de vert, quelquefois complétement rouge (à Fromelennes et dans les environs de Philippeville), il occupe presque toujours la partie supérieure de l'étage. Cependant les bancs calcaires qui se trouvent à la partie moyenne prennent dans quelques localités (Baives et Wallers) des caractères analogues.

Il semblerait au premier abord que ce caractère minéralogique n'a que peu d'importance, cependant on le retrouve partout où l'étage existe. Le marbre griotte des Pyrénées, le calcaire rouge de Neffiez, dans l'Hérault, le calcaire gris d'Iberg près de Grund, dans le Harz, appartiennent au même étage. M. F.-A. Rœmer, qui avait si bien étudié ces couches dans le Harz, montra en 1850, que l'on devait y rapporter le calcaire de Frasnes. Quelques années plus tard, les travaux de M. Murchison dans le Thuringerwald et le Harz; ceux de M. Keyserling, sur le bord de la Petchora, donnèrent pour ainsi dire droit de cité dans la série géologique à l'étage caractérisé par le *T. cuboides*. Dernièrement, mon ami M. Bureau, le retrouvait dans la Bretagne, et là encore c'était un calcaire compacte, gris-bleuâtre, sans stratification apparente, tout à fait semblable au calcaire de Baives.

B. *Schiste de Famenne et calcaire à T. cuboïdes dans la Famenne et dans la Fagne.*

Le sol de la Famenne et de la Fagne est formé de schistes
argileux d'un aspect très uniforme : les uns, à grains fins, se divi-
sent en feuillets très minces ; les autres, dont le tissu est plus
grossier, produisent par leur décomposition de petits fragments irréguliers. Presque toujours leur stratification est verticale, ils sont
fortement plissés, et il est très difficile d'y distinguer plusieurs étages.
Cependant dans quelques points, j'ai pu reconnaître des niveaux
fossilifères différents. Ainsi, en sortant de Barvaux par la route de
Bomal, on trouve, au milieu de la masse du calcaire de Givet, un
petit bassin de schistes de Famenne. A la base ce sont des schistes
feuilletés gris-verdâtre, renfermant :

| | |
|---|---|
| *Terebratula concentrica.* | *Spirifer nudus.* |
| *Spirifer Vernueuili.* | *Pentamerus galeatus.* |
| *Sp. Archiaci.* | *Orthis Dumontiana.* |
| *Sp. euryglossus.* | |

Au-dessus il y a d'autres schistes rougeâtres se divisant en longs
fragments contenant deux variétés de *Spirifer Verneuili*, toutes
deux remarquables par leur taille, l'une fortement ailée, l'autre se
rapprochant par sa forme du *Spirifer disjunctus*. Au sud de Barvaux, sur la route de Marche, on retrouve les mêmes horizons.

Le terrain qui s'étend des dernières buttes calcaires de Frasmes
à Marienbourg, est formé par les schistes de Famenne. Dans une
tranchée du chemin de fer de Couvin, en sortant de Marienbourg,
"ai trouvé : *Terebratula semilævis, Spirifer nudus.*

Au nord de la station de Marienbourg, en montant vers la Fagne,
es espèces sont un peu différentes :

| | |
|---|---|
| *Orthocères* nombreux. | *Spirifer disjunctus.* |
| *T. cuboïdes*, variété *A.* | *Sp. euryglossus.* |
| *T. pugnus.* | *Sp. Murchisonianus.* |
| *T. concentrica.* | *Productus subaculeatus.* |

Cette couche caractérisée par le *T. cuboïdes*, variété *A* et quelques
espèces nouvelles que je ne puis malheureusement pas citer ici, se
retrouvent au nord d'Amblain, dans la Fagne vis-à-vis le village.

Si l'on continue à se diriger au nord de Marienbourg dans la forêt de Fagne vers Philippeville, on marche sur la tranche des schistes, et l'on est tenté de leur supposer une épaisseur de plus de 10 kilomètres ; mais leur épaisseur réelle est bien moindre, et ce qui nous trompe, c'est qu'ils ont été repliés un grand nombre de fois sur eux-mêmes comme les feuillets d'un livre. Les plissements ont même quelquefois ramené au jour le calcaire à *T. cuboides ;* on en voit une butte au village de Roly.

Aux environs de Philippeville, on trouve un massif considérable de calcaire dévonien, il est formé en grande partie par le calcaire à *T. cuboides ;* peut-être le calcaire de Givet y est-il aussi représenté ; mais je n'ai pu le constater d'une manière certaine. Nous y voyons le calcaire bleu foncé et le calcaire cristallin gris-bleuâtre de Frasmes, ainsi que le calcaire bigarré. Ce dernier y revêt généralement une belle couleur rouge qui le fait rechercher comme marbre. Tantôt le fond rouge est traversé par des veines vertes de substances schisteuses ; tantôt il est parsemé de tiges d'encrines spathisées, tels sont les marbres de Senzeilles les plus estimés de ce genre.

Ces diverses couches présentent une disposition compliquée ; des plissements successifs, qui sont au moins au nombre de trois dans la partie la plus épaisse du massif ; des filons métalliques qui coupent les calcaires dans des directions différentes, et qui les ont spathisés ou transformés en dolomie. Au reste, la disposition des différentes parties est encore la même que celle que nous avons observée à Boussu-en-Fagne. Le calcaire bigarré est à la partie supérieure, il est séparé du calcaire bleu par des schistes pétris d'encrines, dont l'épaisseur varie de 10 à 40 mètres, et il est surmonté par d'autres schistes à peu près de même nature. La coupe des carrières de calcaire rouge de Vodelée donnera une idée de la composition de cette partie supérieure de l'étage. On trouve de haut en bas dans la première carrière :

1. Schistes argileux vert-noirâtre très fissiles avec nodules, 4 mètres.
2. Schistes argileux verts avec nodules, 2 20.
3. Schistes argileux verts avec bancs calcaires intercalés et polypiers, 0,80.
4. Calcaire rouge fragmentaire avec schistes et nombreux polypiers, 2,50.
5. Calcaire gris ne formant pas de bancs distincts, 3 mètres visibles.

Une seconde carrière montre des couches inférieures aux précédentes dont elles sont séparées par un intervalle de plusieurs mètres.

6. Marbre rouge, 10 mètres.
7. Schistes argileux, 0, 10.
8. Calcaire rouge et gris tenace, 0, 40.
9. Schistes avec nodules calcaires, 0, 15.
10. Calcaire noduleux et schistoïde, tenace, bleuâtre et verdâtre, 2.
11. Calcaire bleu compacte en bancs minces, 1, 50.
12. Calcaire noduleux et schistoïde quelquefois compacte, 2.
13. Schistes argileux compactes, verts, avec veines spathiques, 2, 50.
14. Calcaire argileux rougeâtre ou grisâtre, avec veines spathiques, 1, 50.
15. Schistes argileux compactes verts, 0, 80.
16. Schistes noirâtres fissiles, 4 mètres visibles.

Toutes ces couches plongent au S.-O. = 58°, elles reposent sur les calcaires bleus exploités à l'E. du village et en sont séparées environ par 100 mètres de schistes.

Je n'entrerai pas dans plus de détails. Pour se rendre compte de la disposition générale des couches, il suffit de jeter un coup d'œil sur la coupe (fig. 26, pl. IV) qui est une coupe idéale faite du nord au sud à travers le massif calcaire de Philippeville.

Au nord de Philippeville on retrouve les schistes de Famenne, mais ils n'ont plus là qu'une largeur de 1300 mètres, et c'est probablement à ce chiffre qu'il faut évaluer leur épaisseur réelle dans toute la Fagne. Ils s'enfoncent sous les psammites du Condros, qui à leur tour sont recouverts par la bande de calcaire carbonifère de Florennes. Le massif calcaire de Philippeville s'étend à l'est jusque près d'Agimont, et le calcaire de Heer n'en est probablement qu'une dépendance ; il se termine à l'ouest à Cerfontaine. Cette localité est assez intéressante, car c'est le seul endroit avec Chimay où j'ai trouvé des Réceptaculites dans les schistes inférieurs au calcaire.

Plus loin, le même étage fait encore saillie en quelques endroits au milieu des schistes de la Fagne, à Rance, à Renlies, à Hestrud.

Les carrières de Rance n'ont plus l'importance qu'elles possédaient quand elles furent visitées par Monnet et par M. Élie de Beaumont ;

G.                                                                      6

presque toutes sont comblées, il n'en reste plus qu'une seule ouverte, encore est-elle abandonnée et remplie d'eau. On y exploitait le marbre rouge.

A Renlies il y a aussi une carrière de marbre rouge à l'orient du village ; il repose directement sur des calcaires bleus inclinés vers le nord, qui appartiennent au même étage et qui sont aussi exploités au sud du village, mais dans ce dernier endroit ils plongent au sud. Il est bien évident par là qu'on a affaire à une bosse, à un sommet plissement.

A Hestrud la composition des couches à *Terebratula cuboides* est plus simple, elle est réduite à un calcaire rouge épais de 15 mètres et séparé du calcaire de Givet par des schistes avec nodules calcaires.

La forêt de Fagne dont le nom vient du mot *fagus* (hêtre), couvre une grande étendue de pays ; elle s'étend presque sans discontinuité du nord au sud, de Renlies à Chimay, et de l'est à l'ouest, depuis les environs de Givet jusqu'au delà de Trélon. Le schiste y est presque partout à nu. On a cherché dans ces derniers temps à la mettre en culture, mais ces essais ont rarement réussi. Cependant les défrichements ont produit d'assez bons résultats dans les environs de Rance et entre Trélon et Ramousies sur le territoire français.

Nous avons vu que le calcaire à *T. cuboides* disparaissait aux environs de Barvaux et qu'on ne le retrouvait plus le long du bord septentrional du bassin. Il n'en est pas de même des schistes de Famenne, mais à mesure qu'on s'avance vers le nord, ils deviennent de moins en moins épais, ils se trouvent réduits à des schistes verdâtres finement feuilletés, généralement très pauvres en fossiles. Leur épaisseur est environ, à Barzé 250 mètres, à Rouillon 350 mètres.

Dans le bassin septentrional ils existent probablement sur le bord sud, mais si réduits que je n'ai pu les constater d'une manière positive qu'à Landlies et dans les environs de Liége, ils y sont du reste fort peu épais.

Si on jette les yeux sur le tableau D, où j'indique les fossiles que l'on trouve dans les couches à *T. cuboides* et dans les schistes de Famenne, on verra que sur vingt-quatre espèces ou variétés principales, il y en a treize communes à ces deux assises, et ce sont les plus abondantes. Je me crois donc fondé à les réunir en un seul étage où je distinguerai trois assises :

1. Schistes de Famenne.
2. Schistes à *Cardium palmatum*.
3. Couches à *Terebratula cuboïdes* (1).

### 4. PSAMMITES DU CONDROS.

*Sommaire. Bassin méridional:* Composition minéralogique. — Faune. — Calcaire d'Étrœungt. — *Bassin septentrional :* Schistes d'Amay. — Bande de Rhisnes: Division en plusieurs assises et détails locaux. — Le poudingue d'Horrues ne correspond pas à celui de Burnot. — Minerai de fer.

#### § Ier. Bassin méridional.

M. d'Omalius d'Halloy a donné à l'étage qui va nous occuper le nom de *psammites du Condros*, non que le psammite en forme la roche dominante, mais parce qu'il en constitue le membre le plus frappant. Tel qu'on le trouve dans le Condros, c'est un grès noir ou rouge rempli de paillettes de mica disposées sur un même plan, ce qui le rend susceptible de se diviser en plaques minces, dures, sonores. A Saint-Rémy-mal-Bâti, près de Maubeuge, le psammite est jaune, argileux, se divisant en parallélipipèdes obliques; de plus, les éléments y ont une disposition sphéroïdale, de sorte que chaque plaque présente à la surface des séries concentriques de zones elliptiques. La roche dominante de l'étage est un grès siliceux gris-verdâtre, il est très souvent un peu micacé ; à Huy, il présente une belle couleur rouge amaranthe. Il est souvent argileux et passe alors à la grauwacke. Dans certains cas, à Boussière par exemple, cette grauwacke est remplie d'empreintes de *Spirifer Verneuili*, ce qui lui donne beaucoup d'analogie avec la grauwacke des bords du

---

(1) Je conserve ce nom à la partie inférieure de l'étage, parce que si l'on trouve, à la base des schistes de Famenne, une variété de *T. cuboïdes*, elle est cependant très distincte de l'espèce type et mérite peut-être de former une espèce à part.

Rhin (le *Spirifer sandstein* des Allemands). On voit même fréquemment l'élément argileux dominer ; on a alors un schiste grisâtre qui se distingue toujours bien des schistes de Famenne parce qu'il n'est jamais feuilleté ; ses fragments sont toujours irréguliers et relativement volumineux. Les fossiles sont très rares dans les psammites et dans les grès siliceux. Dans le grauwacke et dans les schistes on en trouve davantage, mais presque toujours à l'état de moules, au contraire ils existent avec leur test lorsque le schiste est imprégné de calcaire ou dans le voisinage des grandes masses calcaires ; ainsi à Étrœungt, dans les environs d'Avesnes, il y a, à la partie supérieure de l'étage, un contact pour ainsi dire du calcaire carbonifère, une grande épaisseur de calcaire cristallin alternant avec des schistes, le tout rempli de fossiles. Tout le long du bord nord du bassin septentrional, il y a aussi plusieurs assises puissantes de calcaire fossilifère qui alterne avec des roches quarzoschisteuses. Ce sont les calcaires bien connus de Rhisnes et de Golzinne.

Les psammites du Condros forment, pour ainsi dire, le fond du sol de ce pays et de la partie qui lui correspond dans le Hainaut. Ils entourent de toutes parts les îlots de calcaire carbonifère ; ils sont en stratification concordante avec eux et présentent les mêmes allures. Sous ce point de vue, Dumont était donc parfaitement fondé à les réunir dans le même système. En traitant du calcaire carbonifère, j'aurai l'occasion de décrire la disposition de ces deux couches et leurs rapports respectifs. Je vais donc passer immédiatement à l'étude des fossiles que renferment les psammites du Condros et les couches qui leur sont subordonnées dans le bassin méridional.

La partie inférieure de l'étage est formée par des grès et de la grauwacke, les principales espèces qu'on y rencontre sont :

| | |
|---|---|
| *Cucullea Hardingii.* | *Spirifer Archiaci.* |
| *Terebratula concentrica.* | *Orthis Eifeliensis.* |
| *T. Bolonensis.* | *Productus subaculeatus.* |
| *Spirifer Verneuili.* | |

Les assises supérieures sont plus riches en fossiles parce qu'elles sont plus calcaires. La localité la plus intéressante à visiter sous ce rapport est Étrœungt, bourg situé au S. d'Avesnes et qui renferme plusieurs carrières de calcaire. Les auteurs de la carte géologique de France rapportent au calcaire carbonifère (1) tant les carrières de calcaire gris à gros Productus que la carrière de calcaire bleu située à un quart de lieue au N.-E. du village. C'est conformément à cette opinion que sont coloriées la carte de Dumont (2) et la carte du département du Nord de M. Meugy. Lors de sa réunion extraordinaire à Valenciennes, la Société géologique de France visita Étrœungt et considéra comme dévonien (3) un calcaire noir exploité dans une carrière dont la position topographique n'est pas suffisamment fixée. Deux ans après, M. Hébert (4) montra par une coupe et par des listes de fossiles que les calcaires exploités sur le chemin de Tout-Vent et les schistes qui les recouvrent sont dévoniens. J'ai étendu cette conclusion (5) aux calcaires qui se trouvent au-dessus de ces schistes, au contact du calcaire carbonifère. J'y ai indiqué un singulier mélange de fossiles carbonifères et dévoniens ; depuis cette époque j'ai pu, en comparant mes fossiles à ceux que j'ai recueillis dans d'autres localités, rectifier les listes que j'avais données ; et sans modifier le résultat principal, je trouve le passage entre les deux faunes plus marqué encore que je ne l'avais supposé. Ce calcaire exploité à Étrœungt dans les trois carrières que j'ai désignées par leur position sous les noms du Parc, de Clousy et du chemin de Bas-Boulogne (voir la carte, fig. 3, pl. I), est l'un de ceux qui a été indiqué par M. Élie de Beaumont comme carbonifère. Son épaisseur est d'environ 30 mètres, il est d'un bleu foncé. Les bancs inférieurs sont cristallins et fort semblables à certaines couches du calcaire carbonifère : ils sont employés comme pierre de taille. Les bancs supérieurs sont plus argileux, gélives et ne peuvent servir que pour empierrer les chemins. Tous ces bancs alternent avec des schistes argileux qui renferment les mêmes fossiles qu'eux, ce sont :

(1) *Expl. Cart. Géol. Brit.*, t. I ; p. 752.
(2) *Carte géologique de la Belgique et des contrées voisines.*
(3) *Bull. Soc. géol.*, 2ᵉ série, t. X, p. 628.
(4) *Bull. Soc. géol.*, 2ᵉ série, t. XII, p. 1178.
(5) *Bull. Soc. géol.*, 2ᵉ série, t. XIV, p. 364.

| | |
|---|---|
| *Phacops latifrons* (1). | *Spirifer Verneuili.* |
| *Terebratula concentrica.* | *Orthis crenistria.* |
| *T. hastata.* | *O. arachnoidea.* |
| *T. Boloniensis.* | *Productus scabriculus* (3). |
| *Spirifer* voisin du *distans* (2). | |

Je désignerai dorénavant le calcaire caractérisé par les fossiles que je viens de citer sous le nom de calcaire d'Étrœungt.

Le calcaire d'Étrœungt repose sur une série de schistes argileux souvent micacés, dans lesquels sont intercalés de points en points des calcaires, soit en bancs irréguliers et nodulaires, soit en masse plus régulière, d'une dizaine de mètres d'épaisseur (voir la coupe, fig. 33 pl. IV), c'est cette série que M. Hébert a signalée comme dévonienne. Elle affleure dans les hameaux de Quatre-Maisons, de Clousy, du Buffle. Les principaux fossiles qu'on y trouve sont :

| | |
|---|---|
| *Phacops latifrons.* | *Spirifer hystericus?* |
| *Terebratula concentrica.* | *Orthis Eifeliensis.* |
| *T. Boloniensis.* | *Leptœna rhomboidalis.* |
| *Spirifer Verneuili.* | *Cyathophyllun vermiculare.* |

Une des masses calcaires intercalées dans ces schistes à la Capelette-du-Buffle, renferme le même *Spirifer* voisin du *distans* qui se trouve en si grande abondance dans la carrière du Parc. J'ajouterai une particularité intéressante à ce que j'ai déjà dit sur la géologie des environs d'Étrœungt ; on y remarque une faille qui suit le ruisseau de Cantraine et se prolonge dans la même direction sur la rive gauche de la petite Helpe. Toutes les couches qui sont à l'E. de la faille, plongent vers l'O. ; toutes celles qui sont à l'O. inclinent vers le S. 10° E. C'est ce que j'ai cherché à indiquer dans la petite carte (fig. 3, pl. I).

(1) J'ai marqué de + ces fossiles, qui ne s'étaient encore trouvés que dans le calcaire carbonifère.

(2) C'est le *Spirifer* désigné précédemment sous le nom d'*aperturatus*.

(3) Après un nouvel examen, j'ai le regret de ne pouvoir adopter l'opinion que m'avait exprimée M. de Koninck, et que j'avais consignée dans mon premier travail. Ce *Productus* est bien distinct du *Murchisonianus*, tandis qu'il présente tous les caractères de l'espèce désignée dans la monographie des *Productus* sous le nom de *Productus scabriculus.*

Un calcaire semblable au calcaire d'Étrœungt reparaît au S.-E. d'Avesnes, il est exploité au hameau de Fourmanoir. J'y ai recueilli :

| | |
|---|---|
| *Terebratula concentrica.* | *Orthis crenistria.*? |
| *Spirifer* voisin du *distans.* | *Productus scabriulus.* |

Enfin à Sars-Poteries, près de l'église, se trouve un nouvel affleurement de ce calcaire. Il renferme :

| | |
|---|---|
| *Phacops latifrons.* | *Spirifer* voisin du *distans.* |
| *Terebratula reticularis.* | *Orthis Eifeliensis.* |

Je n'ai encore constaté l'existence du calcaire d'Étrœungt que dans les environs d'Avesnes. Sur les bords de l'Ourthe, entre Comblain-au-Pont et Comblain-la-Tour, on trouve, vers la partie supérieure des psammites du Condros, un banc de grès pénétré de calcaire, les fossiles y sont alors assez bien conservés. J'ai pu y reconnaître :

| | |
|---|---|
| *Terebratula concentrica.* | *Spirifer Verneuili.* |
| *T. Boloniensis.* | *Orthis crenistria.* |
| *T. pugnus.* | |

Si l'on récapitule les différentes listes que je viens de donner pour le bassin méridional, on a une faune intermédiaire entre la faune carbonifère et la faune dévonienne, et formant pour les psammites du Condros un horizon paléontologique distinct de celui des schistes de Famenne. Je me crois donc autorisé à adopter la division établie par Dumont dans sa description géognostique de la province de Liége, et dans sa carte géologique de la Belgique. Dans ces deux publications, ce savant fait des schistes de Famenne l'étage inférieur du système condrusien, et des psammites du Condros l'étage moyen. Il les réunit, il est vrai, dans la carte de Belgique et des contrées voisines et dans la carte d'Europe sous le nom d'étage quarzoschisteux du système condrusien ou sous-étage famennien; mais peut-être y a-t-il été forcé par la difficulté de représenter sur une si petite échelle les bandes si nombreuses que forment ces deux assises.

## § II. Bassin septentrional.

*Schistes d'Amay*. — Dans le bassin septentrional, le long du bord sud, les psammites du Condros ne présentent rien de particulier. Leur épaisseur est d'environ 100 mètres, et ils sont fréquemment rouges. Ils renferment au N. d'Huy une couche oolitique. A Amay, près de cette ville, ils ont fourni des fossiles assez remarquables. M. Fréd.-Ad. Rœmer y cite (1) :

| | |
|---|---|
| *Pecten lineatus.* | *Productus subaculeatus.* |
| *Avicula Damnoniensis.* | |

*Bande de Rhisnes*. — Le long du bord nord, au contraire, l'étage a revêtu des caractères qui l'ont rendu méconnaissable à tous les géologues qui ne se sont pas laissé guider par la paléontologie. La localité la plus connue par ses fossiles est Rhisnes. Au S.-O. de l'église de ce village, il y a un rocher stérile de calcaire carbonifère dolomitique qui repose sur des schistes argileux et des psammites inclinés S. 20° E. = 15° environ. Entre Rhisnes et Bovesse, près du chemin de fer, on exploite un calcaire noir compacte avec *Spirifer Verneuili*. Ces bancs sont minces, sans schistes intercalés, inclinés S. 20° E. = 12°. Le calcaire devient noduleux et schistoïde à la partie supérieure, il renferme alors le *Sp. Verneuili* en très grande abondance. Près de l'église de Bovesse, à 2 kilomètres au N. de ces carrières, il y a d'autres exploitations de calcaire compacte alternant à la partie supérieure avec des schistes, leur inclinaison est S. 10° O. On y trouve, tant dans les calcaires que dans les schistes de nombreux fossiles :

| | |
|---|---|
| *Avicula.* | *Spirifer Bouchardi.* |
| *Terebratula concentrica.* | *Orthis striatula.* |
| *T. reticularis.* | *Productus subaculeatus.* |
| *T. Boloniensis.* | |

Le calcaire de Bovesse repose sur des grès et des poudingues siliceux exploités à la ferme Duchenois. La ferme de Saint-Martin-

(1) *Beitrage zur Geologischen Kenntniss des nordwestlichen Harzgebiges*, par Fr. Ad. Rœmer, p. VII, in *Palæontographica*.

Église est construite sur des schistes à nodules calcaires associés au poudingue, et superposés à un conglomérat à ciment de schistes rouges. Toutes ces roches sont très faiblement inclinées, et reposent sur les tranches du terrain rhénan du Brabant.

Dumont trouvait là tous les étages du terrain dévonien. Les psammites de Rhisnes étaient, selon lui, le système condrusien quarzoschisteux ; les calcaires de Rhisnes et de Bovesse, le système eifelien calcareux. Enfin, il voyait dans les poudingues et les conglomérats rouges que je viens de mentionner le représentant du système eifelien quarzoschisteux, c'est-à-dire du poudingue de Burnot. Je discuterai plus tard cette opinion ; pour le moment, voyons à étudier ces diverses assises tout le long du bord du bassin.

Le point où on voit le mieux la succession des diverses assises qui composent cette bande dévonienne est la vallée de l'Orneau, à l'ouest de Rhisnes (voyez fig. 10, pl. II). En remontant ce cours d'eau, on suit les escarpements du calcaire carbonifère. A la ferme Fanué, on rencontre d'autres bancs calcaires alternant avec des schistes (D²), et renfermant *Spirifer Verneuili*, *Orthis striatula*, *Productus subaculeatus*. Un espace boisé d'environ 100 mètres cache ce contact des deux terrains (voyez fig. 28, pl. IV).

Le calcaire bleu-foncé de la ferme Fanué passe inférieurement à un calcaire noir compacte (D³), formé de petites plaquettes qui se soudent entre elles, et produisent souvent des bancs plus forts. Ce calcaire noir se retrouve dans la même position à Golzinne, où la Société géologique l'a visité en 1835 ; son inclinaison est S. 5° E. $= 12°$. A sa base, on trouve des calschistes noirs, épais d'environ 2 mètres, puis vient le calcaire noduleux à *Spirifer Verneuili* des carrières de Rhisnes (D⁴), qui forme dans la vallée de l'Orneau l'escarpement au sud de Mazy.

En continuant à remonter la rive droite du ruisseau, on rencontre un grès grisâtre schisteux (D⁵) ; puis 20 à 30 mètres de calcaire noir exploité au moulin d'Alvaux (D⁶). Dumont a rangé la première de ces deux assises dans son système eifelien quarzoschisteux, et le calcaire dans le système eifelien calcareux. Le grès grisâtre a en effet beaucoup d'analogie avec les roches du poudingue de Burnot, d'autant plus que sur la rive gauche, il est coloré en rouge par le fer oligiste, et se présente quelquefois à l'état de poudingue. M. d'Omalius l'avait aussi considéré comme une première bande de poudingue de Burnot ; je n'adopte nullement cette manière de voir. Outre que le grès est manifestement superposé au calcaire d'Alvaux, j'y ai trouvé un de ces *Spirifer* à petites côtes, qui sont presque toujours si caractéristiques du dévonien supérieur.

D'ailleurs sur le chemin de Bossière, entre le grès et le calcaire d'Alvaux, on voit un banc de dolomie cristalline ($D^6$) qui forme un horizon très constant dans cette bande dévonienne, et sous lequel on trouve des schistes argileux ($D^7$) remplis, dans d'autres lieux, de polypiers et de *Spirifer Verneuili*. Il ne peut donc y avoir de doutes sur la position à assigner au banc quarzoschisteux. Quant au calcaire d'Alvaux, c'est peut-être le prolongement de celui de Bovesse ; mais, n'y ayant pas trouvé de fossiles, je ne puis rien affirmer.

La coupe de la vallée de l'Orneau nous a montré les assises suivantes de haut en bas :

1° Calcaire de la ferme Fanué, $D^2$.
2° Calcaire noir de Golzinne, $D^3$.
3° Calcaire noduleux à *Spirifer Verneuili* de Rhisnes, $D^4$.
4° Grès schistoïde et poudingue, $D^5$.
5° Dolomie cristalline grenue, $D^6$.
6° Schistes argileux à polypiers, $D^7$.
7° Calcaire d'Alvaux, $D^8$.

L'affleurement le plus occidental de la bande dévonienne de Rhisnes est celui d'Horrues près Soignies, province de Hainaut (voir les coupes, fig. 8, pl. II, et fig. 29, pl. IV). Au hameau du pont d'Hubeaumel, on exploite un calcaire noduleux ($D^4$), argileux à la base, et rempli de *Spirifer Verneuili* et *Terebratula Boloniensis* (incl. S. 10° E. = 25°). Si l'on se dirige vers le nord à la ferme du Gravier, on rencontre en chemin des têtes de rochers appartenant à une dolomie cristalline grésiforme ($D^6$). Enfin près de la ferme, à 100 mètres de la carrière, il y a des bancs de calcaire argileux alternant avec des schistes ($D^7$). On y trouve en abondance à la surface du sol : *Spirifer Verneuili*, *Terebratula reticularis*, *Orthis striatula*, *Acervularia pentagona*, *Favosites cervicornis*, *Cyathophyllum cœspitosum*, *Alveolites subæqualis*. Au delà de la ferme on trouve du fer oligiste (mine rouge) qui n'a pas encore été exploité. Les couches qui passent sous les précédentes sont cachées jusque dans le village, c'est-à-dire pendant un intervalle de 600 mètres environ. Là on voit, en descendant vers le moulin de la Gageotte, des couches de schiste arénacé, de conglomérat, de poudingue ($D^8$), colorées en rouge par l'oxyde de fer, et inclinées S. 10° O. $= 15°$. Dumont les considère comme appartenant au poudingue de Burnot. Elles reposent en stratification discordante sur les tranches des schistes dévoniens inférieurs qui sont presque verticaux, et qui forment l'escarpement sur lequel est bâtie l'église.

À Horrues, les couches visibles sont donc :

Calcaire noduleux à *Spirifer Verneuili*, $D^4$.
Dolomie cristalline, $D^6$.
Schistes à polypiers, $D^7$.
Poudingue rouge, $D^8$.

Entre Horrues et Mazy, on peut encore observer l'étage qui nous occupe en suivant le cours de la Senne au nord de Feluy, ou celui de la Senette au nord des Écaussines, et on y rencontre les mêmes assises. Je me dispenserai d'en donner le détail. On doit cependant citer entre les calcaires $D^2$ et le calcaire carbonifère des psammites rouges très fissiles, et qui ne sont bien visibles que dans ces localités. À Rhisnes, ils ont un aspect plus jaunâtre, plus terreux ; à Horrues et à la ferme Fanué, s'ils existent, ils sont cachés par la végétation. Dans d'autres points, on peut s'assurer qu'ils manquent complètement, soit que leur dépôt n'ait pas été uniforme, soit qu'ils aient été enlevés par ravinements avant la formation du calcaire carbonifère. Quoi qu'il en soit, cette circonstance a une grande importance, car elle nous montre sur le bord septentrional du massif anthraxifère une discordance par transgression ou par dénudation entre le calcaire carbonifère et le terrain dévonien ; tandis que sur le bord méridional, nous avions vu ces deux terrains passer insensiblement de l'un à l'autre sous le rapport minéralogique comme sous le rapport paléontologique.

Une nouvelle coupe dans les mêmes terrains nous est fournie à l'est de Rhisnes par le ruisseau du Mendigne au nord d'Huy (voir fig. 30, pl. IV). Le contact du terrain dévonien et du calcaire carbonifère se montre dans un petit vallon à 500 mètres au sud du village d'Hucorgne sur la rive gauche du ruisseau. La pente méridionale du vallon est formée par le calcaire carbonifère supérieur gris-blanchâtre, pétri de débris d'encrines ; sur le versant nord, on voit d'abord quelques bancs de dolomie grisâtre ayant une épaisseur totale de 3 à 4 mètres ; puis des calcaires compactes et noduleux (D²), qui alternent avec des schistes, et qui renferment quelques bancs fossilifères (1). J'y ai recueilli *Terebratula reticularis, T. concentrica, T. Boloniensis, Spirifer Archiaci, Orthis striatula, Cyathophyllum cæspitosum*. Puis viennent des calcaires compactes en bancs épais (D¹) : ce sont les calcaires de Golzinne. Les roches sous-jacentes appartenant au calcaire de Rhisnes sont cachées par la végétation. Près le pont d'Hucorgne, on retrouve le banc de dolomie grenue cristalline (D⁶) ; puis un calcaire argileux et noduleux (D⁷) rempli de polypiers et de *Spirifer Archiaci*, c'est le représentant des schistes de la ferme du Gravier à Horrues. Il se prolonge sur la rive droite du ruisseau sous l'église d'Hucorgne, et il y recouvre un calcaire compacte (D⁸) rempli de veines spathiques et de coquilles également spathisées ; on y trouve de la galène. Ces couches sont inclinées S. 30° E. =15° ; elles reposent en stratification discordante sur les schistes du terrain rhénan de Dumont, qui plongent presque verticalement au N. 30° E. On peut encore constater à cet endroit l'absence à la base du terrain dévonien supérieur du conglomérat rouge d'Horrues et de Féluy.

La première tranchée naturelle que l'on trouve en continuant à se diriger vers le N.-E. est fournie par le ruisseau d'Awirs, mais le calcaire carbonifère n'y existe plus ; le terrain houiller repose sur un calcaire dévonien bien différent des précédents ; il appartient à l'étage du calcaire à strigocéphales, et il est probablement le prolongement du calcaire dévonien de Visé. C'est que nous avons changé de bassin, nous avons quitté le bassin anthraxifère de la Belgique pour entrer dans celui d'Aix-la-Chapelle. Pendant l'époque dévonienne il y avait probablement une sorte d'isthme qui empêchait les deux bassins de communiquer ensemble de ce côté. Cet obstacle n'a été surmonté que pendant le dépôt du terrain houiller.

(1) Les Psammites des Écaussines n'existent pas ici.

Ainsi d'Horrues à Hucorgne, sur une distance de plus de 80 kilomètres, on peut distinguer les mêmes assises dans cette bande de
terrain dévonien supérieur que j'ai appelée bande de Rhisnes, parce
que ce village en est le centre et en même temps le point le plus
connu des géologues.

Ces assises sont :

| ASSISES. | FOSSILES. |
|---|---|
| 1° Psammites des Écaussines D. | |
| 2° Calcaire de la ferme Fanué, $D^2$ . . . . . | Terebratula reticularis. <br> T. concentrica. <br> T. Boloniensis. <br> Spirifer Verneuili. <br> Sp. Archiaci. <br> Orthis striatula. <br> Productus subaculeatus. |
| 3° Calcaire noir compacte de Golzinne, $D^3$. | |
| 4° Calcaire noduleux de Rhisnes $D^4$ . . . . . | Terebratula Boloniensis. <br> Spirifer Verneuili. <br> Sp. Archiaci. <br> Productus subaculeatus. |
| 5° Grès et poudingue de Mazy $D^5$. | |
| 6° Dolomie grenue caverneuse $D^6$. | |
| 7° Calcaire argileux et schistes à Polypiers $D^7$. | Terebratula concentrica. <br> Spirifer Verneuili. <br> Sp. Archiaci. <br> Orthis striatula. |
| 8° Calcaire de Bovesse, d'Alvaux $D^8$ . . . . . | Avicula. <br> Terebratula reticularis. <br> T. concentrica. <br> T. Boloniensis. <br> Spirifer Bouchardi. <br> Orthis striatula. |
| 9° Grès poudingue et conglomérat rouges, $D^9$. | |

L'épaisseur moyenne de la bande dévonienne de Rhisnes est de
400 à 450 mètres ; à l'extrémité N.-E., à Hucorgne, elle n'a plus
que 180 mètres ; mais le conglomérat inférieur et le psammite supérieur y manquent. Les assises calcaires $D^2$, $D^3$, $D^4$, ont ensemble à
Mazy environ 200 mètres ; les couches $D^6$ et $M^7$ n'en ont guère
que 25. Ces diverses assises renferment toutes la même faune qui
est caractéristique du dévonien supérieur. Il est donc impossible d'y
voir, comme l'a fait Dumont, le représentant des trois étages du
terrain dévonien. Du reste, longtemps avant moi, MM. de Verneuil,

de Koninck, Murchison, avaient reconnu que le calcaire de Rhisnes appartient au dévonien supérieur. Reste à fixer l'étage de cette division auquel on doit les rapporter ; c'est à peine une question. De même qu'on n'y trouve ni les fossiles des schistes à calcéoles, ni ceux du calcaire de Givet, on n'y trouve pas non plus les espèces spéciales aux couches à *T. cuboïdes* et aux schistes de Famenne. Au contraire, le *T. Boloniensis* leur est commun avec le calcaire d'Étrœungt, et il ne s'est encore trouvé qu'à cet horizon. Ajoutons en outre que les schistes de Famenne vont en diminuant quand on avance vers le nord. Sur le bord sud du bassin septentrional ils n'ont déjà plus qu'une vingtaine de mètres, et l'on doit s'attendre, comme cela a lieu en effet, à ce qu'ils disparaissent complétement sur le bord nord.

Ce qui avait influé sur l'opinion de Dumont et avant lui sur celle de M. d'Omalius d'Halloy, c'étaient ces schistes et ces poudingues rouges que l'on remarque à Mazy au milieu des calcaires, à Horrues et à Féluy, à la base de ceux-ci, sur le terrain rhénan. J'ai déjà émis les raisons qui me font ranger la roche de Mazy dans le dévonien supérieur. Quant au poudingue des deux autres localités il ne renferme pas de fossiles ; mais ses rapports avec les calcaires fossilifères sont trop intimes pour que l'on soit tenté de l'en séparer. Je n'en vois pas du reste la nécessité ni même les raisons. Il peut se former des conglomérats à toutes les époques, et il n'y a rien d'étonnant qu'il s'en produise un à la base du dévonien supérieur. Ce n'est qu'une conséquence de la stratification discordante de cet étage sur les roches sous-jacentes.

Ne voyons-nous pas à Malmédy, près de Spa, un poudingue qui a tant d'analogie avec le poudingue de Burnot qu'on ne saurait l'en distinguer, si sa position horizontale et les nombreux galets de calcaire dévonien qu'il renferme ne venaient montrer qu'il lui est de beaucoup postérieur? Aussi personne ne s'est trompé. On a varié sur l'âge du poudingue de Malmédy, mais on ne l'a jamais considéré comme le représentant du poudingue de Burnot.

Ajoutons que le poudingue d'Horrues présente, avec celui de Burnot, des différences notables au point de vue minéralogique ; car il est formé en grande partie de galets de schistes très plats et agrégés par un ciment argileux. Je me crois donc fondé à le considérer comme la base du terrain dévonien supérieur. Il faut en outre remarquer que son épaisseur est très variable, et que quelquefois il n'existe pas du tout, comme à Hucorgne et au moulin d'Alvaux, près de Mazy ; d'autres fois, au sud de Ronquières, par exemple, il occupe un espace égal à celui des autres assises. C'est qu'il ne fait que remplir les anfractuosités du sol.

Ce que je viens de dire de ce conglomérat peut s'appliquer au pondingue de même couleur qui a précédé le dépôt du calcaire de Givet sur le bord sud du même bassin. Toutes les fois que la mer prenait une nouvelle extension vers le nord et recouvrait des contrées précédemment émergées, il commençait par se former un conglomérat rouge.

Cette séparation du poudingue d'Horrues et du poudingue de Burnot a une grande importance géologique. Dumont, qui les réunissait, voyait à Horrues une discordance de stratification entre le terrain rhénan et la base du terrain anthraxifère (1). C'était un argument très favorable à la division du terrain dévonien en deux grands groupes, et, par conséquent, à l'indépendance du terrain rhénan. Mais dans l'opinion que je soutiens ici, cette discordance n'a rien d'étonnant, puisque, entre les deux couches en contact, il manque plusieurs étages. Il n'y a dès lors aucune raison pour séparer le terrain anthraxifère du terrain rhénan, ou autrement dit, pour tracer la limite du dévonien inférieur et du dévonien moyen au-dessous du poudingue de Burnot.

(1) *Mémoires*, etc., p. 58.

## 5. CALCAIRE CARBONIFÈRE.

*Sommaire :* Travaux de M. de Koninck, de Dumont. — *Bassin méridional :*
Description générale. — Composition du calcaire carbonifère. — Sa division
en deux étages sous le rapport minéralogique. — Coupe à travers les bandes
de calcaire carbonifère du Hainaut français. — Coupe des mêmes étages sur
les bords du Hoyoux et sur les bords de l'Ourthe. — *Bassin septentrional :*
Descriptions locales. — Stratification transgressive de l'étage supérieur sur
l'étage inférieur. — Distinction des deux étages sous le rapport paléontologique.

Le calcaire carbonifère de la Belgique, aussi nommé calcaire de
Visé par M. d'Omalius, calcaire condrusien par Dumont, a été l'objet
de travaux importants. J'ai déjà fait connaître la plus grande partie
de ces travaux dans mon *Exposé historique*, mais il me reste à mentionner ceux de M. Koninck, qui étudia la paléontologie de cet étage
avec l'attention la plus scrupuleuse. Lorsque ce savant publia sa
*Description des animaux fossiles du terrain carbonifère de la Bel-
gique* (1852-1844), il insista sur la différence considérable que l'on
remarquait entre les fossiles qui venaient de Tournay et ceux que
l'on recueillait à Visé. Dans la première localité dominent les espèces
suivantes citées dans l'ordre de fréquence (1).

| | |
|---|---|
| *Cyathophyllum mitratum.* | *Eomphalus helicoides.* |
| *Terebratula Royssii.* | *Gorgonia repisteria.* |
| *Orthis Michelini.* | *Michelinia favosa* |
| *Productus Flemingii (Longispinus).* | *Eomphalus tuberculatus.* |
| *Spirifer Mosquensis (Soverbyi).* | *Chemnitzia Lefebvrei.* |
| *Poteriocrinus crassus.* | *Terebratula pentatoma.* |
| *Bellerophon huilcus.* | *Pleurotomaria Yvani.* |
| *Leptæna depressa.* | |

(1) *Description des animaux fossiles du terrain carbonifère de Belgique*,
p. 623.

Dans la seconde on trouve plus abondammnent (1) :

| | |
|---|---|
| *Productus semireticulatus* (*Martini*). | *Productus aculeatus.* |
| *P. striatus.* | *Orthis resupinata.* |
| *Eomphalus Dionysii.* | *Leptæna depressa.* |
| *Spirifer glaber.* | *Spirifer bisulcatus.* |
| *Sp. lineatus.* | *Orthis striatula.* |
| *Terebratula sacculus.* | *Terebratula planosulcata.* |
| *Productus giganteus.* | *T. pentatoma.* |
| *P. punctatus.* | *T. pugnus.* |
| *P. spinulosus.* | *Productus undatus.* |

M. de Koninck admet que ces deux faunes avaient vécu dans des bassins contemporains, mais différents. Plus tard il abandonna un instant cette opinion, et dans sa *Monographie des genres Productus et Chonetes*, 1847, il émit l'avis que le calcaire de Visé était plus ancien que celui de Tournay. Enfin, dans un petit opuscule (2) publié l'année passée, il revient à sa première opinion de deux bassins séparés contemporains. Il la complète par un coup d'œil sur la distribution géographique des deux calcaires. « Il résulte de mes obser- » vations, dit-il (3), que le calcaire de Visé n'a pas d'analogue en » Belgique, que tous les autres massifs calcaires du même âge appar- » tiennent à celui de Tournay. Tels sont ceux des environs de » Namur, de Dinant, de Comblain-au-Pont, de Chokier, de Theux, » de Feluy, des Écaussines, d'Ath, de Soignies, etc. » Ce savant assi- mile encore au calcaire de Tournay les calcaires de Sablé et de Juigné en France, des environs de Bristol, du Glocestershire, et d'une partie du Yorkshire en Angleterre, tout le calcaire carboni- fère d'Irlande, tandis que le calcaire de Bolland (Yorckshire), celui de l'Écosse et du pays de Galles, des environs de Manchester, de Newcastle, sont semblables au calcaire de Visé.

(1) A partir du dixième, je n'ai plus cité dans cette liste que les fossiles que j'ai trouvés dans le Hainaut.

(2) *Mémoire sur les genres et les sous-genres des Brachiopodes munis d'appen- dices spiraux*, etc., par Davidson, traduit et augmenté de notes, par le docteur L. de Konink. Liége, 1859.

(3) *Loc. cit.* p. 36.

G.

7

Dumont, on l'a vu, divisait, dès 1830, le calcaire carbonifère en trois étages :

Supérieur : calcaire
Moyen : dolomie.
Inférieur : calcaire.

Le calcaire de Visé appartenait pour lui à la division supérieure, et le calcaire de Tournay à sa division inférieure. Cette opinion était l'opposé exact de celle qu'avait embrassée un instant M. de Koninck.

Je n'ai pas visité Visé, mais j'ai pu constater dans tout le reste de la Belgique l'exactitude des observations de Dumont, et j'admets les divisions qu'il a établies. Cependant je pense que l'on peut supprimer la division moyenne ; la nature dolomitique de la roche ne me paraît pas un caractère suffisant pour établir un étage distinct, et l'on peut rattacher facilement cette dolomie à l'étage supérieur ou à l'étage inférieur.

### § 4. Bassin méridional.

Le calcaire carbonifère forme, au milieu des plaines du Condros et du Hainaut, une série de bandes étroites dirigées de l'est à l'ouest et enclavées dans les plis des psammites du Condros. Il arrive souvent que plusieurs bandes voisines se réunissent par suite de leur élargissement ; il en résulte un certain nombre de massifs qui projettent des digitations plus ou moins étendues à l'ouest et à l'est. Souvent, au centre de ces massifs, on trouve un petit lambeau de terrain houiller. On peut compter six de ces massifs, ce sont ceux de Gesvre, de Modave, de Dinant pour le Condros ; de Florennes de Berlaimont, de Landrecies pour le Hainaut. Je désigne, sous le nom de massif de Landrecies, une série de petites bandes visibles dans les environs d'Avesnes, et qui ne sont très probablement que les extrémités des digitations orientales d'un massif dont le centre caché par les terrains crétacés serait à peu près à Landrecies.

Outre ces bandes agglomérées, il y en a d'autres qui sont complétement isolées. Ces différentes bandes carbonifères sont divisées en deux groupes par une sorte d'écharpe dévonienne qui coupe perpendiculairement le bassin et le partage en deux moitiés inégales. On peut en effet se rendre du bord sud au bord nord, de Chimay à Solre-sur-Sambre, sans marcher sur le calcaire carbonifère. Le bassin anthraxifère a éprouvé là un plissement très arrondi, d'autant plus remarquable que sa direction est perpendiculaire à celle de tous les autres plissements et de presque toutes les failles qui sont si nombreuses dans la contrée. C'est dans cette zone purement dévonienne et dont la largeur minimum entre Boussu-lez-Walcourt et Aibes, est de 20 kilomètres, que l'on voit paraître presque tous les lambeaux du calcaire de Givet qui sont indépendants du contour du bassin.

Un des points où l'on peut étudier de la manière la plus complète la composition du calcaire carbonifère est au sud-ouest d'Avesnes, entre les hameaux de Gaudin et du Baldaquin. (*Voir* la coupe fig. 31, pl. IV.)

En descendant à Gaudin par le chemin de Cartignies à Avesnes, on trouve sous le sable vert crétacé les schistes argileux (n° 1) inclinés au N. 28° O., alternant ensuite près du ruisseau avec des bancs de calcaire argileux que je considère comme analogue au calcaire dévonien supérieur d'Étrœungt. Ils ont à ce point environ 10 ou 15 mètres d'épaisseur. A peine a-t-on dépassé le ruisseau que l'on rencontre des affleurements de calcaire noir compacte (n° 2), dont les bancs les plus inférieurs sont veinés de blanc. On y trouve une faune très remarquable que M. Hébert a déjà signalée (1) à Avesnelles, dans le prolongement de la même bande calcaire et qui renferme plusieurs espèces jusqu'alors particulières à l'Irlande. Les fossiles les plus communs dans ce calcaire, sont : -

---

(1) *Bull. de la Soc. géol.*, 2° série, t. XII, p. 1179.

| | |
|---|---|
| *Eomphalus æqualis.* | *Chonetes variolaria.* |
| *Terebratula pentatoma.* | *Productus semireticulatus,* variété (1) |
| *Spirifer Mosquensis.* | *Productus Heberti.* |

L'épaisseur du calcaire noir n'est pas appréciable en cet endroit, mais si l'on en juge par celle qu'on lui trouve dans d'autres points où il est exploité, il doit avoir de 15 à 20 mètres.

Vient ensuite une série de bancs calcaires dont la coupe (fig. 3) peut donner une idée.

3. Calcaire cristallin exploité, 4 mètres. — On y trouve :

| | |
|---|---|
| *Phillipsia gemmulifera.* | *Orthis umbraculum.* |
| *Terebratula planosulcata.* | *Leptæna depressa.* |
| *Spirifer Mosquensis.* | *Productus semireticulatus.* |
| *Orthis striatula.* | |

C'est la faune de Tournay caractérisée par ses espèces les plus abondantes.

4. Calcaire bleu foncé à texture, finement grenue, présentant de nombreuses cavités géodiques, tapissées de cristaux de calcaire. Pas de fossiles, 3 mètres visibles.

5. Calcaire gris sans stratification, avec *Productus sublævis* et *Spirifer striatus.* Épaisseur, 400 mètres.

6. Calcaire bleu compacte avec dolomie, épaisseur, 400 mètres.

7. Calcaire gris-bleuâtre, épaisseur, 400 mètres.

a. Banc de calcaire bleu compacte, avec nombreuses traces de Bellérophons. Se retrouve probablement dans le n° 7.

8. Calcaire gris sans stratification, avec *Productus sublævis*.

9. Calcaire géodique comme le n° 4.

Je range dans l'étage inférieur les calcaires 2, 3, 4 et 9, et tout le reste de l'étage supérieur. On peut remarquer qu'il n'y a pas de partie moyenne dolomitique : on trouve seulement quelques bancs de dolomie grenue ou pulvérulente au milieu du calcaire compacte.

Il existe une lacune dans la coupe précédente, et l'on n'y voit pas la jonction des deux étages inférieur et supérieur. On peut l'observer

(1) Cette variété se distingue du *Productus semireticulatus* de Tournay par sa taille plus petite, ses côtes généralement moins nombreuses et plus grosses, ses plis concentriques autour du crochet beaucoup moins marqués.

dans les fossés de la fortification d'Avesnes, près du pont Rouge, où viennent affleurer des couches qui sont la continuation des carrières du Baldaquin. On y voit de bas en haut (*voir* la coupe, fig. 32, pl. IV):

1° Schistes argileux.

2° Calcaire noir avec schistes noirs, 5 mètres (1).

3° Calcaire à encrines, 5 mètres.

4° Calcaire géodique, 8 mètres.

5° Calcaire noirâtre à grains fins, 6 mètres.

6° Calcaire à encrines, brunâtre, géodique, d'apparence dolomitique, 2 mètres.

7° Calcaire bleu-noir, semi-compacte, avec géodes, 1 m. 50.

8° Calcaire gris compacte, avec veines rouges, 1 mètre.

9° Calcaire compacte, plus de 500 mètres.

Je ne puis terminer ce que j'ai à dire sur la composition générale du calcaire carbonifère, sans donner quelques détails sur la disposition de la dolomie intercalée dans le calcaire supérieur. La coupe suivante, prise aux Creuttes, hameau de Taisnières en Thiérache, est un des meilleurs exemples que j'ai observés.

*Coupe du calcaire carbonifère supérieur au hameau des Creuttes, Taisnières-en-Thiérache (Nord).*

Fig. 4.

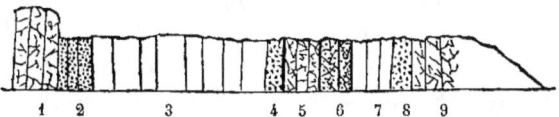

1. Calcaire gris fragmentaire.
2. Dolomie, 30 cent.
3. Calcaire compacte, 20 mètres.
4. Dolomie sableuse, 20 cent.
5. Calcaire gris fragmentaire, 40 cent.
6. Dolomie fragmentaire, 40 cent.
7. Calcaire bleu, 50 cent.
8. Dolomie sableuse, 20 cent.
9. Calcaire gris fragmentaire.

Il n'entre pas dans mon plan de faire une description détaillée de toutes les bandes carbonifères. Je me contenterai de donner deux à trois coupes prises en différents points, en montrant combien est con-

(1) Ces épaisseurs sont un peu différentes, mais on ne doit pas s'en étonner, car d'un côté comme de l'autre elles ont été prises approximativement.

stante la composition de l'étage dans le bassin méridional. Elles me serviront en même temps à indiquer les rapports stratigraphiques du calcaire carbonifère et des psammites du Condros.

La première coupe (fig. 34, pl. IV) est dirigée du sud au nord d'Étrœungt à Boussières, à travers les massifs de Landrecies et de Berlaimont. Le premier affleurement du calcaire carbonifère, au sud du Hainaut français, est situé dans le bourg même d'Étrœungt (fig. 34, pl. VI). Il est en grande partie caché par les terrains crétacés. Cependant on y voit le calcaire carbonifère supérieur à *Productus sublœvis*, formant comme de vieux murs de fortification de chaque côté de la route, dans le haut du bourg. Le calcaire carbonifère inférieur est exploité dans le bas, sur les bords de l'Helpe (carrière Georges) (1). Il s'appuie sur les calcaires dévoniens supérieurs dont il a été question dans le chapitre précédent; en se dirigeant vers le nord, jusqu'à Avesnes, on marche sur l'étage des psammites du Coudros, formé en grande partie des schistes argileux à grains grossiers. A mi-route, le plissement des schistes ramène au jour le calcaire dévonien d'Etrœungt; on peut l'observer aux carrières du Fourmanoir, sur la droite de la route.

A Avesnes, on rencontre une seconde bande de calcaire carbonifère. C'est celle que l'on peut si bien étudier aux hameaux de Gaudin et du Baldaquin, et qui m'a servi de type pour la composition de cet étage. Elle s'étend directement de Cartignies à Avesnes. Là une faille la rejette un peu au sud. On la retrouve exploitée dans le village d'A-vesnelles, derrière le camp romain, dans le village du Flaumont et sur le territoire de Semeries. Dans ces deux dernières localités, elle est réduite au calcaire noir inférieur. A Avesnelles même, on ne voit que l'étage inférieur; il se pourrait cependant que l'étage supérieur existât, au moins en partie, sous le camp romain.

La bande d'Avesnes n'est séparée que par une faible épaisseur de schistes de celle de Marbaix. Celle-ci présente au village de Marbaix la forme d'un W; à l'est, elle se simplifie par la disparition de la selle centrale. Elle s'étend depuis Marbaix, où elle sort de dessous le terrain crétacé jusqu'à Saint-Hilaire. Sa composition est la même que

(1) *Bull. de la Soc. géol.*, 2° sér., t. XIV, p. 367.

celle de la bande d'Avesnes. Je n'y ai jamais vu affleurer le calcaire noir inférieur. On peut aussi y remarquer quelques particularités. A Marbaix, dans le calcaire géodique de l'étage inférieur, on trouve souvent que le carbonate de chaux cristallisé qui remplit les géodes, est pénétré de soufre. La roche présente en outre de petites fentes tapissées de cristaux de soufre. Dans les mêmes bancs, on trouve à Marbaix, et surtout à Saint-Hilaire, quelques rares nodules de silex noir que les géologues nomment phtanite et que les ouvriers appellent clous. A Marbaix, il y a dans les calcaires gris à *Productus sublœvis* un filon de calcaire spathique ayant 9 mètres de largeur. Au hameau des Ardennes, le calcaire gris présente des parties oolitiques comme certains calcaires de l'époque jurassique. M. de Verneuil avait déjà cité ce fait que j'ai retrouvé à Landlies et à Flemalle, près de Liége, également dans le calcaire carbonifère supérieur.

Les roches quarzoschisteuses du dévonien supérieur qui se trouvent au nord de la bande de Marbaix, sont plus arénacées, plus psammitiques que celles que nous avons rencontrées au sud. Elles ne tardent pas à s'enfoncer sous une nouvelle bande de calcaire carbonifère, c'est la bande de Dourlers; celle-ci s'observe le long des ruisseaux de Leval et de Barsies, sur les territoires de Saint-Rémy-Chaussée, de Dourlers, de Saint-Aubin, de Floursies; elle s'arrête à l'est de ce village. Je me bornerai à indiquer la présence du *Productus sublœvis* dans le calcaire carbonifère supérieur, et dans le même étage, le grand développement d'un marbre rouge bréchiforme, connu sous le nom de brèche de Dourlers. J'aurai l'occasion de revenir plus tard sur l'origine et l'âge de cette roche.

La bande de calcaire carbonifère qui succède à celle de Dourlers, est celle de Bachant; elle appartient au massif de Berlaimont. On peut l'étudier facilement dans les carrières de Bachant, dans celles qui sont situées entre Limont-Fontaine et Saint-Rémy-mal-Bâti et à Ferrière-la-Petite, où est située son extrémité orientale.

Dans la grande carrière de Bachant, on exploite un calcaire noir à grains fins qui renferme des moules de Gastéropodes, des genres Bellérophon et Trochus. Ces bancs offrent plusieurs plis, mais leur inclinaison générale est au S. 25° E.; ils s'enfoncent sous un calcaire schistoïde accompagné de dolomie et de nombreuses phtanites.

Ceux-ci plongent à leur tour sous le calcaire carbonifère supérieur à *Prod. giganteus* au milieu duquel on remarque un banc de brèche.

Le village de Saint-Rémy-mal-Bâti est construit sur des psammites jaunes très micacés, appartenant à l'étage des psammites du Condros ; si l'on se dirige de l'église du village vers le S.-E. en remontant le ruisseau de Grimoir, on trouve près du moulin des Pendants des schistes verdâtres alternant avec des grès et appartenant aussi à la partie supérieure du dévonien. Après le moulin commence le calcaire carbonifère par un calcaire cristallin, avec *Sp. Mosquensis, Orthis umbraculum*, etc., incliné au S. 13° E. = 80°, puis on voit un calcaire noir à grains fins avec petits Gastéropodes, calcaire schistoïde et phtanite ; c'est la partie supérieure des carrières de Bachant. Enfin on arrive au calcaire gris avec *Productus giganteus*. En se dirigeant toujours vers le sud on continue à marcher sur le calcaire carbonifère supérieur dans lequel on n'a ouvert que quelques trous de peu d'importance. Vis-à-vis le moulin à vent de Limont, on trouve à la surface du sol des blocs souvent très volumineux de calcaire bleu pâle bréchiforme (1) renfermant de nombreux fossiles.

| | |
|---|---|
| *Terebratula sacculus.* | *Spirifer duplicicosta.* |
| *T. pugnus.* | *Productus undatus.* |
| *Spirifer lineatus.* | *P. semireticulatus.* |
| *Sp. glaber.* | |

Ces espèces se retrouvent dans le calcaire de Visé et plusieurs en ont été considérées comme caractéristiques. Je reviendrai plus tard sur un fait aussi important, ce que je veux constater ici c'est que cette faune se trouve indubitablement dans le calcaire carbonifère supérieur du Hainaut français. En continuant à marcher dans la même direction, on voit toutes les couches que l'on avait parcourues depuis Saint-Rémy-mal-Bâti se relever successivement et le terrain dévonien reparaît au moulin d'Éclaises. On doit y signaler entre le calcaire à phtanites et le calcaire à *Productus giganteus* des bancs assez épais de calcaire grenu dolomitique qui existaient probablement du côté de Saint-Rémy-mal-Bâti, mais qui étaient cachés par le loess et par la végétation.

(1) Ce n'est pas pourtant la brèche de Dourlers.

Ainsi la bande carbonifère de Bachant diffère un peu de celle qu'on observe à Avesnes.

| | |
|---|---|
| Calcaire inférieur . . | Calc. cristallin à *Sp. Mosquensis*.<br>Calc. noir à grains fins avec Gastéropodes.<br>Calc. avec silex (Phtanite) et bancs schisteux. |
| Calcaire supérieur. . | Calc. grenu dolomitique.<br>Calc. à *Productus giganteus*.<br>Calc. noir compacte, souvent pénétré d'argile rouge et passant à la brèche de Dourlers.<br>Calc. bleu pâle bréchiforne à *Productus undatus*. |

Je n'ai vu nulle part les relations de ces deux dernières assises, il se pourrait qu'elles se remplacent mutuellement, mais je crois cependant que l'ordre de superposition est bien celui que je viens d'indiquer.

Le calcaire à Gastéropodes et le calcaire à Phtanites des carrières de Bachant, remplacent dans cette bande le calcaire géodique que nous avions observé à la même position dans tout le massif de Landrecies et où l'on trouvait déjà des phtanites en petite quantité. Le calcaire d'Avesnelles à *Productus Heberti* n'y existe pas ; il est vrai qu'il avait déjà disparu dans les bandes de Dourlers et de Marbaix. Ajoutons, pour compléter ce parallèle que le calcaire gris de l'étage supérieur est caractérisé dans le massif de Berlaimont par le *Prod. giganteus*, et dans celui de Landrecies par le *Prod. sublœvis*, sans cependant que ces deux espèces s'excluent complètement l'une de l'autre.

La bande de Bachant s'élargit quand on avance vers l'ouest. A Aulnoye, près de Berlaimont, elle renferme un petit bassin houiller ; on y a ouvert une exploitation qui est maintenant abandonnée. Le calcaire se continue sur la rive gauche de la Sambre, mais il ne tarde pas à disparaître sous le terrain crétacé ; il y a, près du canal, plusieurs carrières creusées dans la brèche de Dourlers. En même temps des bandes secondaires viennent se joindre à la bande principale pour constituer un petit massif ; l'une de ces bandes secondaires passe sous l'église même de Bachant, une autre au hameau de la Pantinie. M. Élie de Beaumont et M. Meugy rapportent aussi au même massif les carrières isolées de Leval et de Sassegnies.

La bande de calcaire carbonifère de Bachant est la plus septentrionale du Hainaut français. Les roches quarzoschisteuses du dévonien supérieur qui forment sa limite nord, s'appuient sur les calcaires à Strigocéphales de Boussières et de Ferrières-la-Grande, il me reste cependant à mentionner, dans cette contrée, un dernier massif carbonifère isolé des précédents (1) et situé sur les territoires de Sars-Poteries et de Les Fontaines.

Je me bornerai à cette simple indication si l'on ne trouvait à Les Fontaines un bon exemple du gisement des phtanites.

M. d'Omalius publia, en 1808 (2), une petite note *sur le gisement du Kieselschiefer (Phtanite) dans plusieurs départements septentrionaux de l'empire français*, il cite trois manières d'être de cette roche :

1° En rognons dans les couches, comme les silex de la craie ;

2° En fragments enveloppés dans une terre argileuse, à la surface des couches précédentes, dont elle provient très probablement ;

3° Formant des couches à elle seule.

La coupe suivante prise dans les carrières de pierre bleue sur la place de Les Fontaines, montre les deux premiers modes de gisement et n'a pas besoin de plus ample explication.

*Coupe d'une carrière de pierre bleue sur la place de les Fontaines.*

Fig. 5.

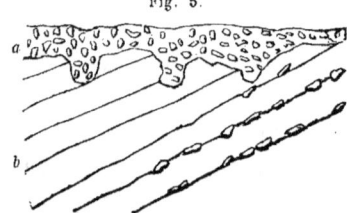

*a.* Silex (phtanites) compactes dans l'argile jaune.
*b.* Calcaire carbonifère avec lits de silex (phtanites).

Vis-à-vis le château Raymont, près de Ferrières-la-Petite, on trouve, dans une roche creusée dans le calcaire carbonifère, des silex remplis d'empreintes de tiges d'encrines ; ils sont en fragments dont les angles ne sont pas émoussés, ils n'ont donc pas été charriés ;

(1) M. Meugy l'a réuni à la bande de Marbaix, par une sorte de prolongement que je n'ai pu retrouver et dont je ne vois nullement la nécessité.

(2) *Journ. des mines*, t. XIII, p. 401.

du reste, comme à Les Fontaines, ils proviennent du calcaire immédiatement sous-jacent,

A propos du terrain houiller, j'aurai l'occasion de donner un exemple du troisième mode de gisement, indiqué par M. d'Omalius d'Halloy.

Dans la coupe du Hainaut que je viens de donner, le calcaire carbonifère forme, selon l'expression de M. l'ingénieur Garnier, une série de V placés bout à bout et plus ou moins distants les uns des autres. Sur les bords du Hoyoux, entre Huy et Modave, on trouve une autre disposition. Ce ne sont plus des plissements qui ramènent au jour le terrain dévonien, mais bien des failles, s'il y a changement dans la disposition des couches, leur composition reste la même. On trouve de bas en haut :

|  |  |  |  |
|---|---|---|---|
| Calcaire inférieur | 1° Alternance de schistes argileux et de calcaire cristallin . . . . . . . . . . . . | 25 | mètres. |
| | 2° Calcaire noir légèrement grenu . . . . . | 15 | — |
| | 3° Calcaire lamellaire avec phtanite et *Sp. Mosquensis* . . . . . . . . . . . . . . | 30 | — |
| Calcaire supérieur | 4° Calcaire grenu dolomitique avec encrines. | 10 | — |
| | 5° Calcaire compacte, avec *P. giganteus*, *Sp.* variable de . . . . . . . . . . | 200 à 400 | — |

Cette coupe a été prise vis-à-vis la ferme de Royseux, on la retrouverait à peu près la même à Modane.

Une des différences les plus considérables que cette coupe présente avec les précédentes, c'est l'épaisseur de la couche dolomitique.

A l'extrémité septentrionale du Condros, tout l'étage prend un développement plus considérable. Les fractures de l'Ourthe, au nord de Comblain-au-Pont, vis-à-vis l'embouchure de l'Amblène, en fournissent une coupe très intéressante, car une tranchée taillée dans la roche pour le chemin de hallage, permet d'observer et surtout de mesurer les assises inférieures. Au-dessus des grès et des psammites du Condros, on observe :

|  |  |  |  |
|---|---|---|---|
| Calcaire inférieur | 1° Schistes noirâtres avec bancs minces . . | 15 | mètres. |
| | 2° Calcaire à encrines et géodes alternant avec des schistes noirs . . . . . . . . . | 25 | — |
| | 3° Calcaire bleuâtre avec nombreuses géodes. | 25 | — |
| | 4° Schistes noirs . . . . . . . . . . . | 12 | — |
| | 5° Calcaire noir avec encrines et polypiers. | 25 | — |

|  | | 6° Calcaire grenu dolomitique avec encrines. | 7 mètres. |
|---|---|---|---|
| Calcaire inférieur. | { | 7° id. id. avec phtanite | 25 — |
|  | | 8° Calcaire à lamellaire, à *Sp. Mosquensis*, *Orthis umbraculum*; il est exploité à Chanxe. | 40 — |
|  | | 9° Calcaire noir, à grains fins, compacte. . | 80 — |
| Calcaire supérieur. | { | 10° Calcaire dolomitique avec encrines à la base, n'offrant plus aucune stratification à la partie supérieure . . . . . . . . . . . . | 100 — |
|  | | 11° Calcaire compacte noir avec veines blanches, en bancs minces presque verticaux. . . . . . . . . . . . . . . . | 50 — |

Le calcaire carbonifère supérieur n'est pas complet. Peut-être devrait-on réunir au terrain dévonien toutes les alternances de calcaire et de schistes noirs. Sous le rapport minéralogique et par leur position, ces roches représentent très bien le calcaire d'Étrœungt. Mais comme je n'y ai pas trouvé d'autres fossiles que des encrines et des *Cyathophyllum*, je les laisserai avec le terrain carbonifère dans lequel on les a toujours rangés jusqu'ici. Dumont pensait qu'elles représentent la partie inférieure du calcaire hydraulique de Tournay.

### § 2. Bassin septentrional.

*Bord sud*. — Au nord de la faille, le calcaire carbonifère présente la même composition que dans le bassin méridional. Le calcaire de Landelies (1) diffère à peine de ce qu'il était près de Bachant, il y a subi un renversement complet, de manière qu'il paraît superposé au terrain houiller, et recouvert par les psammites du Condros. Le contact avec le terrain houiller se voit dans le chemin de fer du Nord, derrière les ateliers de Marchienne-au-Pont. Le calcaire y est ondulé et commence par des bancs compactes gris ou noirs renfermant des rognons de phtanite. A une certaine distance du terrain houiller normal, on trouve entre les bancs calcaires une petite couche de houille sèche; l'existence de cette cou-

(1) C'est sur les bords de la Sambre que se voit le premier affleurement de calcaire carbonifère, le long du bord sud du bassin septentrional. A l'ouest, le terrain houiller forme partout la salbande de la grande faille, et se trouve par conséquent en contact avec les rochers du poudingue de Burnot.

che de combustible à la partie supérieure du calcaire carbonifère est déjà connue depuis longtemps, M. d'Omalius d'Halloy l'avait remarquée à Visé dès 1808. Ce fait n'est pas propre au bassin septentrional, on le retrouve dans le Condros à Yvoir au nord de Dinant et dans d'autres endroits.

A mesure qu'on avance vers le nord-est, la partie dolomitique prend plus d'accroissement, comme cela a lieu dans le bassin méridional, mais d'une manière plus rapide. Sur les bords de la Meuse au sud de Namur, elle a près de 200 mètres d'épaisseur, le calcaire inférieur est au contraire très réduit et n'a plus que 10 à 20 mètres, mais on y trouve encore tous les fossiles caractéristiques *Sp. Mosquensis*, *Orthis umbraculum*, etc. Au nord d'Huy l'étage inférieur n'existe plus, et un peu plus au N.-E., près de Liége, le calcaire carbonifère supérieur lui-même disparaît, le terrain houiller est alors adossé au poudingue de Burnot, formant ainsi la salbande nord de la grande faille. A Angleur sur l'Ourthe, on retrouve bien au contact du terrain houiller, une vingtaine de mètres de calcaire finement grenu traversé en tous sens par des filons, c'est un représentant méconnaissable du calcaire carbonifère, mais je n'ai pas à m'en occuper ici, car il appartient par sa position au bassin d'Aix-la-Chapelle.

*Bord nord.* — Le point le plus occidental de la Belgique où le calcaire carbonifère affleure à la surface du sol est Tournay. Les nombreuses carrières qui se trouvent aux environs de cette ville sont connues de tous les géologues, aussi n'ai-je pas à les décrire ; on sait que le calcaire y est très argileux, et fournit pour la cuisson une chaux hydraulique de première qualité ; il alterne surtout à la partie inférieure avec des schistes argileux noirs ; ces différents bancs sont presque horizontaux, inclinent seulement de quelques degrés vers le sud un peu ouest. J'ai indiqué plus haut, d'après M. de Koninck, les fossiles que l'on y trouve le plus abondamment, et je les ai pris comme type de la faune du calcaire carbonifère inférieur ; il me resterait à montrer que le calcaire de Tournay s'enfonce sous l'étage supérieur, mais en raison même du peu d'inclinaison des couches, on comprend qu'il faille aller très loin vers le sud pour trouver ce dernier ; or, en dehors de la vallée de l'Escaut, le terrain primaire cesse d'affleurer ; **son** niveau va en s'abaissant vers le sud, et il est recouvert par une épaisseur souvent considérable de sédiments secondaires et tertiaires, qui cachent complétement tant le calcaire carbonifère que le terrain houiller.

Le massif carbonifère de Tournay est isolé de toutes parts, mais à l'est, à Maffle près de Ath, sur les bords de la Dendre, on retrouve les bancs à *Spirifer Mosquensis* et *Productus semireticulatus*; ils y sont beaucoup moins argileux, présentent de nombreuses géodes, et des veines blanches; leur inclinaison est S. 15° O. = 9°, du reste on n'y voit peut-être plus les bancs inférieurs de Tournay, car à mesure qu'on s'avance vers l'est, en suivant la limite du terrain dévonien et du calcaire carbonifère, on constate que celui-ci diminue d'épaisseur par la disparition successive des assises inférieures. Les bancs cristallins et fossilifères exploités à Maffle comme pierre de taille et comme marbre, se retrouvent encore le long de ce bord à Soignies, aux Écaussines, à Feluy, au delà ils disparaissent.

On peut étudier les couches qui sont supérieures à celles de Maffle en remontant la rivière de la Dendre. A Attre on exploite un grès calcaire rempli de moules de Bellérophons reposant sur des grès siliceux, il est surmonté à Merwignies par des bancs de calcaire noir grenu géodique, puis par des calcaires compactes alternant à leur partie supérieure avec des schistes calcaires et des phtanites, c'est exactement le niveau de Bachant. Je n'ai pu trouver entre Attre et Merwignies les calcaires cristallins à *Spirifer Mosquensis*, s'ils y existent ils ont certainement une épaisseur beaucoup moindre que celle qu'ils présentent à Soignies ou vers l'ouest à Maffle.

A Brugelette et au nord de l'église de Casteau, il y a un calcaire brunâtre dolomitique avec phtanite, il forme la base du calcaire carbonifère inférieur.

Si l'on continue à se diriger vers le sud, on retrouve le calcaire inférieur qui revient au jour par suite d'un plissement analogue à ceux du Hainaut français ou d'une faille, comme nous en avons observé au sud d'Huy. Ainsi entre Montignies-lez-Lens et Lens, on exploite un calcaire grenu avec géodes sans phtanite, et à Lens le calcaire compacte avec phtanite, *Trochus et Bellerophons*. Ce sont les lits de Merwignies; ils présentent la même inclinaison vers le sud, et si on ne se laissait guider que par la stratification on les jugerait supérieurs, non-seulement à ceux de Merwignies, mais encore au calcaire dolomitique de Brugelette et de Casteau. Cette ondulation explique la grande largeur de la bande calcaire qui n'a pas moins de 14 kilomètres entre Ath et Sirault; si l'inclinaison avait toujours été régulière, il aurait fallu supposer au calcaire carbonifère l'épaisseur énorme de 2400 mètres, mais on doit au moins la réduire de moitié. A Sirault près des sources de la Dendre, on trouve au contact du terrain houiller, la partie supérieure de calcaire carbonifère. C'est un calcaire noir, compacte, pénétré de toutes parts de veines spathiques et de filons plombifères.

Un peu à l'est, cette partie supérieure de l'étage se voit encore à Péruwelz et à Blaton au nord de Condé, dans le voisinage immédiat du terrain houiller; elle y offre une particularité digne d'attention.

Dans la première de ces localités on exploite un calcaire noir compacte argileux alternant avec des *schistes bitumineux*. Dans les carrières de Blaton, les bancs inférieurs plutôt bleus que noirs renferment aussi un petit banc de schistes bitumineux épais de 0,20; les bancs supérieurs sont grenus et présentent des lits de phtanite. Le plongement est au sud 25° O. $= 45°$. Nous verrons dans le chapitre suivant ce que cette observation peut avoir d'intéressant.

A l'ouest de Feluy, l'étage inférieur disparaît entièrement sur le bord nord du bassin septentrional, comme cela a lieu à l'ouest de Namur pour le bord sud, et l'étage supérieur repose directement sur le terrain dévonien. Il présente une structure concrétionnée caverneuse, non stratifiée, qui donne aux rochers des bords de la Meuse, entre Namur et Liége, leur aspect si pittoresque. Il est surmonté par le calcaire compacte qui, dans toute cette partie du bassin septentrional, est caractérisé par l'extrême abondance du *Productus Cora*. Ce fossile y joue le même rôle que le *Pr. sublœvis* dans le massif de Landrecies et le *Pr. giganteus* dans celui de Berlaimont. Ces trois *Productus* se trouvent ensemble dans les mêmes bancs à la Garenne, hameau de Ferrière-la-Petite près de Maubeuge.

A Chokier, entre Huy et Liége, on retrouve encore le calcaire carbonifère au sud du terrain houiller proprement dit; mais au nord d'Hozemont, on voit celui-ci reposer sur le calcaire dévonien moyen du reste le calcaire de Chokier disparaît aussi entre Seraing et Liége. On doit conclure de là que les deux bassins anthraxifères de Namur et d'Aix-la-Chapelle ont été séparés après le dépôt du pondingue de Burnot et que la communication n'a été rétablie qu'à l'époque houillère proprement dite.

*Conclusions.* — Ainsi dans les deux bassins anthraxifères, j'ai reconnu deux horizons fossilifères distincts, il suffit pour s'en convaincre de jeter les yeux sur le tableau E. Je n'ai indiqué que les fossiles les plus abondants et qui peuvent servir, par leur fréquence même, à caractériser un étage. J'indique aussi, d'après M. de Koninck, si l'espèce se trouve à Visé ou à Tournay.

On doit être frappé au premier abord de ce fait que tous les fossiles de l'étage supérieur existent à Visé et tous ceux de l'étage inférieur se trouvent à Tournay. Un certain nombre d'espèces, il est vrai, ont été recueillies par M. de Koninck dans ces deux localités, mais je n'en ai aucune de l'étage supérieur qui soit spécial à la faune de Tournay. Je crois donc pouvoir conclure, malgré la haute autorité de M. de Koninck, que la faune de Visé caractérise un étage distinct de celui de Tournay et qui lui est supérieur. Que l'on ne m'objecte pas que je ne cite que peu de fossiles, et que les listes de M. de Koninck en renferment encore beaucoup d'autres propres à Visé. C'est comme si l'on se refusait à voir la faune de Tournay, à Marbaix, aux Écaussines, etc., parce qu'on n'a encore découvert dans ces localités qu'un petit nombre des espèces connues à Tournay. Visé et Tournay sont des localités privilégiées pour les paléontologistes. Elles renferment des bancs décomposés (bancs pourris des ouvriers) qui permettent d'extraire les fossiles avec beaucoup de facilité. D'ailleurs, obligé par la nature même de mon travail de visiter un grand nombre de points, je n'ai pu m'arrêter dans aucun en particulier, et cependant les calcaires de Limont sont dignes de recherches plus persévérantes.

Quelques géologues penseront peut-être qu'il conviendrait de faire un étage à part pour le calcaire d'Avesnelles à *Productus Heberti;* mais s'il contient quelques fossiles spéciaux qui ne se retrouvent que dans cette localité et en Irlande, les espèces les plus abondantes lui sont communes avec le calcaire de Tournay. D'ailleurs on n'a encore pu en constater la présence que sur une très faible étendue ; on doit donc le considérer comme une simple assise, j'en dirai autant du calcaire de Bachant. Les Bellérophons et les Pleurotomaires que j'y ai trouvés, sont des moules trop imparfaits pour qu'il soit possible de les déterminer. Quant au calcaire dolomitique, je répéterai, comme je l'ai fait observer en débutant, que son caractère minéralogique ne suffit pas pour lui mériter le nom d'étage. On pourrait se demander si on doit le placer avec la faune de Tournay ou avec celle de Visé ; je me suis décidé pour cette seconde opinion, parce que le calcaire supérieur renferme très souvent des bancs de dolomie intercalés, tandis que cette roche est relativement rare dans l'étage inférieur (1).

Limités comme je viens de le faire, les deux étages ont une épaisseur très inégale, le calcaire supérieur étant plus épais que l'étage inférieur et en même temps d'une étendue territoriale plus considérable. Cependant son importance industrielle est bien moindre, il n'est employé que pour empierrer les routes ; on ne s'en sert pour faire de la chaux, que là où le calcaire inférieur manque ; c'est qu'il est souvent très dur, siliceux et difficile à extraire ; sa couleur grise uniforme ne permet pas de l'employer comme marbre. Le calcaire inférieur, au contraire, est utilisé presque dans tous les points où il affleure ; citer la pierre à chaux de Tournay, le marbre des Écaussines, la pierre bleue de Marbaix, c'est assez dire combien ses usages sont variés et importants.

### 6. ÉTAGE HOUILLER.

*Sommaire.* Distribution des divers bassins houillers. — Composition de l'étage. — Des Phtanites. — Des schistes alunifères. — De leur prétendu rapport avec le Millstone-grit. — Divisions et subdivisions du terrain carbonifère de Belgique.

L'étude du terrain houiller proprement dit est beaucoup plus avancée que celle des roches plus anciennes ; ce qui se comprend facilement eu égard à l'immense intérêt industriel qu'il présente ; aussi il

(1) Cependant les calcaires géodiques de Marbaix sont quelquefois magnésiens.

G.  8

m'est impossible de rien ajouter de nouveau à ce qui a été écrit. Je renvoie les personnes qui désireraient faire une étude complète de l'étage houiller aux Mémoires de MM. Clère (1), de Bonnard (2) et Dumont (3). C'est de ces mémoires que je vais extraire quelques généralités afin de ne pas laisser de lacune à ce travail d'ensemble sur les terrains primaires de la Belgique.

La zone houillère s'étend depuis les environs d'Eschweiler (pays de Juliers) jusqu'aux environs de Lens (Pas-de-Calais). Elle se prolonge au nord sous la vallée du Rhin pour reparaître dans la Westphalie. Je montrerai plus loin que le bassin du Boulonnais n'en est qu'une continuation. Elle présente donc la forme générale d'un croissant dont la concavité se tourne vers le nord. Elle s'est déposée dans un bassin formé par le calcaire carbonifère, et généralement elle est limitée par deux bandes parallèles de cette roche. Cependant, à l'ouest de Liége, le substratum calcaire manque, et l'étage houiller repose sur le terrain dévonien moyen.

A l'O. de Charleroi, la bande calcaire méridionale fait également défaut ; la zone houillère est alors limitée de ce côté par la grande faille et elle s'adosse au poudingue de Burnot.

Entre Namur et Huy, les deux bandes calcaires, ou autrement dit les deux branches du V qui renferme la houille, se rapprochent tellement que ce dernier étage disparaît complétement, Ainsi, la bande houillère se trouve partagée à peu près en son milieu par deux bassins qui s'élargissent graduellement en s'éloignant de ce point cen_tral. On les nomme bassin de Liége et bassin de Mons.

La bande houillère n'est pas toujours simple ; elle est quelquefois divisée en deux bandes qui marchent parallèlement, soit que le calcaire fasse saillie par suite d'un plissement au milieu du terrain houiller, soit que par suite d'un plissement en sens inverse, il se produise dans l'un des bords calcaires un petit bassin houiller accessoire. C'est ce qui a lieu à Saint-Servais, au N. de Namur.

(1) *Constitution géologique du berceau houiller d'Eschweiler.*

(2) *Note sur diverses recherches de houille entreprises dans le département du Pas-de-Calais, etc., précédée d'un Aperçu sur les terrains houillers du nord de la France.*

(3) *Observations géognosiques de la province de Liége.*

Outre cette grande bande houillère située dans le bassin anthraxifère septentrional, on trouve dans le bassin méridional de petits
amas de houille qui n'ont que peu d'importance et qui sont situés au
centre des massifs de calcaire carbonifère. Ce sont les petits bassins
d'Anhée situé dans le massif de Dinant; de Bende, de Bois et de
Modave dans le massif de Modave ; de Gesvre, de Florennes et de
Berlaimont dans les massifs du même nom.

L'étage houiller, lorsqu'il est bien développé, se compose de grès
gris-blanchâtre souvent micacé, de schiste grisâtre et de houille. Je
n'ai pas à m'occuper de la disposition de ces différentes parties (1).
Dumont le divisait en deux étages : l'étage supérieur composé des
roches que je viens de citer, l'étage inférieur formé de deux roches
toutes particulières, la phtanite et le schiste alunifère. Je vais consacrer quelques, pages à cet étage inférieur qui me paraît devoir être
réuni presque complétement au calcaire carbonifère.

*De la phtanite.* — La Société géologique de France, lors de son
excursion sur les bords de la Meuse, visita à la ferme de Briquegnaux, au N. de Namur, une carrière aujourd'hui abandonnée, où
elle trouva dans le calcaire supérieur une petite couche d'anthracite
avec fossiles d'eau douce. On voit maintenant cette couche charbonneuse beaucoup plus nettement dans la tranchée du chemin de fer,
sous la ferme. Le calcaire dans laquelle elle est intercalée appartient
au calcaire carbonifère supérieur. On y trouve de petits nodules de
phtanite qui se fondent dans la masse ; le calcaire lui-même est très
siliceux. Un peu au N. il y a des trous d'où l'on en tire des silex blonds
qui forment exclusivement des bancs perpendiculaires supérieurs
au calcaire à anthracite. Dumont les place dans le terrain houiller;
je n'en vois pas la raison. Le silex est très abondant dans les deux
étages, et à Briquegnaux en particulier, il paraît se fondre dans la
masse calcaire.

Je suis heureux en cette circonstance de pouvoir étayer mon opinion du suffrage de Buckland. Il fit observer (2), à propos d'une
phtanite pétrie d'entroques, située à Freyr, près de Dinant, et

(1) *Mém. sur la const. géol. de la prov. de Liége*, p. 201.
(2) *Bull. de la Soc. géol.*, 1re série, t. VI.

rangée également par Dumont dans le terrain houiller, il fit observer, dis-je, que cette roche était la même chose que le Chert du Devonshire, qui contient aussi des entroques, et qui est subordonné au calcaire supérieur du Mountain Limestone. D'après cela la phtanite lui paraissait devoir être réunie au système calcaire plutôt qu'au terrain houiller.

Je suis cependant loin de croire qu'il n'y ait pas de phtanite dans l'étage houiller. A Hozemont (voir fig. 36, pl. IV), cet étage repose sur le calcaire dévonien moyen (n° 1), qui est corrodé à la surface et recouvert de fragments de quarzite empâtés dans un sable ferrugineux (n° 2) (1).

La première couche qui vient au-dessus est une marne sableuse grisâtre douce au toucher (n° 3), puis des schistes arénacés très fissiles (n° 4); ces schistes ne tardent pas à devenir moins fissiles; ils se chargent de matière siliceuse et passent à une phtanite, d'abord argileuse et schistoïde, devenant ensuite entièrement siliceuse et compacte (n° 5). Certains bancs sont même à l'état de silex blonds et ne peuvent être distingués des silex de Briquegnaux. Au S.-O., de l'autre côté du petit ruisseau, on trouve les psammites du terrain houiller (n° 6), qui sont pénétrés en tous sens de veines de quarz gras, et qui sont dans certains points transformés en quarzites entièrement semblables aux quarzites du terrain silurien de l'Ardenne. Au delà on retrouve le terrain houiller normal (n° 7) incliné au S. 20° E. = 26°.

Ces injections siliceuses, qui ont transformé les psammites et les schistes en quarzites et en phtanites, constituent un fait tout local. Elles se sont, en partie du moins, produites après la consolidation des roches houillères, tandis que les nodules siliceux qui se trouvent sur le calcaire carbonifère, sont contemporains des sédiments qui les renferment.

*Des schistes alunifères.* — On donne le nom de schistes alunifères à des schistes noirs bitumineux remplis de sulfure de fer. Par le grillage et l'exposition à l'air, ils s'exfolient; le sulfure se trans-

(1) Ces érosions ne sont pas nécessairement de l'époque houillère, elles pourraient être dues à l'existence d'une poche creusée entre le calcaire et les roches houillères, postérieurement au dépôt de celles-ci.

forme en sulfate et en acide sulfurique libre, qui, se combinant à l'alumine du schiste, produit du sulfate d'alumine employé pour la fabrication de l'alun.

Les schistes alunifères forment entre l'étage houiller proprement dit et le calcaire carbonifère deux bandes parallèles que l'on peut suivre depuis les environs de Namur jusqu'à ceux de Liége. Ils ont été exploités dans presque toute leur longueur, et je n'ai pu en voir aucune coupe : aussi suis-je obligé de m'en rapporter, pour ce que j'ai à en dire, aux détails si précis donnés par Dumont dans sa description de la province de Liége.

Le schiste alunifère joint le calcaire, ou en est séparé par un amas couché métallifère et par un banc de psammites de 40 centimètres d'épaisseur. Le banc schisteux varie de puissance ; il a 32 mètres entre Engis et Warfusée, et 2$^m$50 près de Flemalle : enfin, il disparaît entièrement dans quelques localités. On y trouve des lits d'argile noire de 5 centimètres d'épaisseur. Celui de ces lits qui est le plus éloigné du calcaire est souvent remplacé, au moins en partie, par des masses arrondies de calcaire noir compacte, qui renferme des fossiles particuliers, entre autres :

| | |
|---|---|
| *Goniatites diadema.* | *Productus carbonarius.* |
| *G. atratus*, | |

On trouve aujourd'hui ces rognons assez communément à la surface du sol, dans les carrières situées sur la rive gauche de la Meuse, entre Engis et Chokier.

On se rappelle qu'à Blaton, à Péruwelz, sur la frontière de France, j'ai indiqué des schistes bitumineux alternant avec des calcaires noirs compactes. L'analogie minéralogique m'avait déjà frappé lorsque j'ai vu dans la *Monographie des Productus* que le *Productus carbonarius* se trouvait aussi à Blaton. Ce fait a de l'importance, parce que Blaton et Chokier sont jusqu'à présent les deux seules localités de Belgique où l'on ait rencontré cette espèce.

Dans un grand nombre de points, il y a à la base du terrain houiller un banc de calcaire noir compacte quelquefois traversé de veines spathiques. Je l'ai observé dans les petits bassins de Florennes et de Berlaimont ; il existe dans le bassin de Mons et dans le Boulonnais.

Ce calcaire est séparé de la masse du calcaire carbonifère par quelques lits de houille maigre, de psammites houillers, de schistes noirs et bitumineux. Je le considère comme étant au même niveau que le calcaire de Blaton, que les nodules de Chokier. M. de Verneuil y a trouvé dans le Boulonnais des empreintes qu'il a rapportées au *P. Scabriculus*.

Je conclus donc qu'il y a entre le calcaire carbonifère et l'étage houiller, une assise peu épaisse, dont la composition minéralogique est assez variable et qui relie ces deux étages dont elle renferme à la fois les roches constituantes, mais elle ne possède pas un degré de généralité assez grand, ni des caractères stratigraphiques assez spéciaux pour mériter d'être élevée au rang d'étage particulier, et on doit la réunir, soit à l'étage houiller, soit au calcaire carbonifère supérieur.

Dumont avait adopté la première opinion ; mais je me vois à regret forcé de me séparer encore une fois de cet illustre géologue. Les rapports du calcaire argileux de Blaton et de Péruwelz avec le calcaire carbonifère supérieur sont trop intimes pour que l'on ait jamais songé à l'en séparer. Enfin le *Goniatites diadema* qui est si abondant dans les calcaires noduleux de Chokier, se retrouve à la partie supérieure du calcaire carbonifère de Roanne, près de Lyon, et de Cosatchi-Datchi, sur le flanc est de l'Oural.

M. Murchison, dans son *Siluria* (page 432), considère les schistes alunifères de Chokier comme représentant le millstone-grit d'Angleterre. Je ne sais sur quoi repose cette assimilation ; car nulle part le millstone-grit ne présente de fossiles. Quelle raison peut-il donc y avoir de lui assimiler des couches qui n'ont aucun rapport minéralogique avec lui ?

Peut-être quelques géologues verront-ils avec peine séparer du terrain houiller, des couches qui dans certaines localités renferment du combustible. Je pourrais leur répondre qu'en Angleterre on trouve de la houille jusque dans l'étage inférieur du terrain carbonifère ; que la houille des bords de la Loire est plus ancienne encore ; mais j'aime mieux tirer mes exemples de la Belgique. A Landlies, à Briquegnaux, à Yvoir, à Visé et dans d'autres endroits, il y a dans les bancs supérieurs du calcaire carbonifère normal, une petite couche de combustible que l'on a toujours rapportée à l'étage dans lequel elle se trouve intercalée.

Lorsqu'on voit en Belgique le calcaire carbonifère et l'étage houiller passer l'un à l'autre par des alternances de sédiment analogues à celles que l'on constate entre tous les étages lorsqu'il n'y a pas de lacune, on est porté à admettre qu'il ne manque là aucune des assises observées en Angleterre, et que le millstone-grit y est représenté. Mais par quoi ? Voilà la question. Qu'est-ce qui prouve que ce n'est pas par une partie ou par la totalité des schistes et des grès où l'on extrait la houille. On y trouve, par exemple, près de la mine des Awirs, des grès qui sont employés pour faire des meules et qui sont intercalés au milieu des schistes houillers.

En résumé, le millstone-grit existe probablement en Belgique, mais il n'y présente pas les caractères qu'on est habitué à lui voir dans le sud de l'Angleterre et dans le centre de la France.

*Divisions du terrain carbonifère.* — Il résulte de ce qui vient d'être dit dans ce chapitre et dans le précédent que le terrain carbonifère de Belgique se compose de trois étages divisés en plusieurs assises :

**Terrain carbonifère.**
- Étage houiller.
- Étage du calcaire de Visé.
  - Schistes alunifères et calcaires à *P. carbonarius* et à *Goniatites diadema*.
  - Calcaire à *P. undatus*.
  - Calcaire à *Productus* (*P. giganteus*, *P. sublævis*, *P. Cora*).
  - Calcaire dolomitique.
- Étage du calcaire de Tournay.
  - Calcaire géodique ou à phtanites.
  - Calcaire cristallin à *Sp. Mosquensis* et *P. semi-reticulatus*.
  - Calcaire noir à *P. Heberti*.

## 7. BRÈCHE DE DOURLERS ET FILONS ARGILEUX.

*Sommaire.* Opinion de M. Delanoue sur l'origine de la brèche de Dourlers (1)
— Opinion de M. d'Omalius d'Halloy. — Nouvelles preuves à l'appui de cette
dernière. — Age de la Brèche. — Rapports de l'argile des filons avec le
Gault.

Lorsque la Société géologique de France visita Berlaimont en
1853 (1), M. Delanoue attira son attention sur une brèche formée de
fragments anguleux de calcaire réunis par une pâte argilocalcaire
rouge. Elle est placée au milieu du calcaire carbonifère et présente
des points très irréguliers qui paraissent horizontaux. Une discussion très intéressante s'éleva entre MM. Delanoue et d'Omalius sur
l'origine et l'âge de cette roche.

M. Delanoue, lui, trouvant une stratification horizontale, par conséquent discordante avec le calcaire environnant, la considère comme
un terrain indépendant, correspondant à la base du trias. M. d'Omalius
croit que « ces brèches sont le résultat du fendillement sur place du
» calcaire, fendillement occasionné par les phénomènes qui ont dis-
» loqué et plissé les couches. Ces phénomènes ont été accompagnés
» par l'éjaculation de la (matière) argileuse formant le ciment des
» brèches et par un grand développement de chaleur, d'où est résultée
» l'agglutination des fragments par un effet analogue à celui qu'ont
» subi certains marbres métamorphiques où les points de stratifica-
» tion ont totalement disparu. Quant à l'époque où ces phénomènes
» ont eu lieu, M. d'Omalius a déjà eu occasion de faire connaître
» qu'il la rapportait à la période pénéenne. »

Les preuves que ce savant invoquait à l'appui de son opinion, sont
les suivantes : les fragments calcaires sont anguleux et n'ont pu être
amenés de loin. Les joints de la brèche sont trop irréguliers pour
annoncer une véritable stratification et ne sont que des fissures ac-
cidentelles. Enfin, dans une carrière voisine de la précédente, on
voit une grande fissure verticale remplie d'une argile rouge, analogue

(1) *Voir* une note insérée dans l'explication des planches.
(2) Réunion extraordinaire à Valenciennes, *Bull. de la Soc géol.*, 2ᵉ série,
t. X, p. 610.

à celle qui a cimenté la brèche, et qu'il regarde comme injectée de bas en haut.

Les idées de M. d'Omalius d'Halloy sur l'origine de la brèche de Berlaimont me paraissent très satisfaisantes. Je les adopte complétement, à l'exception toutefois de l'intervention de la chaleur, que je crois inutile, et je puis citer de nouvelles preuves qui les rendront, je l'espère, évidentes à tous les yeux.

Cette roche est connue dans beaucoup de localités. M. Élie de Beaumont l'a citée à Dourlers ; je l'ai observée dans d'autres endroîts, et toujours dans les mêmes circonstances. Au village de Saint-Remy-Chaussée dans le hameau de la Queue-noire-Jean, une carrière ouverte pour l'exploitation de cette brèche présente la coupe suivante :

Fig. 6.

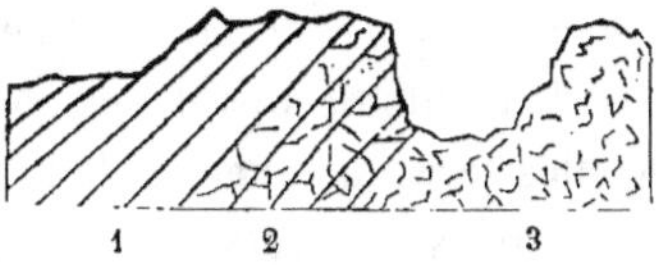

1  2  3

1. Calcaire noir bleuâtre avec géodes ; la surface des bancs est colorée en rouge (1).
2. Le même calcaire ; il est coupé par des veines blanches de calcaire spathique et d'autres veines rouges ferrugineuses ; il est encore régulièrement stratifié, et les veines sont trop éloignées pour lui donner l'aspect bréchiforme.
3. Brèche sans stratification visible ; elle passe insensiblement par la diminution des filons spathiques et ferrugineux à la roche précédente.

La brèche de Dourlers se trouvant ici surmontée par les bancs réguliers du calcaire, on ne peut plus croire qu'elle forme un terrain complétement indépendant.

Une autre coupe prise au nord de Landlies est tout aussi explicite sur son mode de formation (fig. 35, pl. IV).

On y voit de haut en bas :

1. Calcaire compacte stratifié, incliné N. 3° O. $=$ 27° ;
2. Brèche sans stratification apparente ;

(1) Tout le calcaire carbonifère des environs de Saint-Remy-Chaussée présente un aspect rougeâtre, parce que non-seulement les joints des bancs, mais toutes les fissures naturelles qui, dans d'autres lieux, sont simplement tapissées de cristaux de calcaires spathiques, sont ici pénétrés par l'argile rouge.

3. Calcaire gris-bleuâtre compacte à stratification peu visible ; il présente de nombreuses veines blanches et rouges, ce qui lui donne l'apparence d'une brèche à très gros fragments ;

4. Calcaire gris avec nombreuses veines spathiques et géodes, près de la brèche ;

5. Couches à *P. giganteus* ;

6. Banc oolithique.

Ces deux exemples montrent suffisamment que la brèche s'est formée sur place. Le calcaire a été fendillé et pénétré en tous sens par des filons d'argile, comme il l'est en d'autres localités par des filons métalliques.

Reste à savoir à quelle époque s'est produit ce phénomène. M. d'Omalius d'Halloy le place à la fin de la période pénéenne, Dumont au commencement de la période crétacée. Ces deux géologues avaient remarqué le rapport évident qu'il y a entre ces brèches et certains dépôts d'argile plastique, de sable, de minérai de fer que l'on voit dans un grand nombre de points occupant des poches plus ou moins profondes à la surface des terrains anciens de la Belgique. Ces substances sont distribuées sans stratification, lorsque la poche est peu large ; quand elle a la forme d'un bassin assez étendu, elles y sont régulièrement stratifiées. Dans certains cas, au fond de la poche, on trouve encore des minérais de plomb ou de zinc ; en sorte que ces amas semblent les têtes de filons métalliques. Dès 1828 M. d'Omalius d'Halloy attribua à ces dépôts une origine intérieure. Dumont adopta cette opinion et créa pour eux le nom de *terrain geysérien*.

La formation des filons métalliques par une cause interne est admise par tous les géologues ; celle des argiles ne peut guère être niée d'une manière absolue, quand on est témoin des volcans de boue de l'île de Java ; restent les sables dont le mode d'origine est peut-être moins évident. Quoi qu'il en soit, on peut citer des faits favorables à l'hypothèse de M. d'Omalius. A Couvin, au-dessus de la faille qui s'est produite dans le calcaire à calcéoles (fig. 1, pl. III), on voit une poche profonde remplie de sable, d'argile et de minérai de fer ; il est peu douteux que ces substances ne soient sorties par la faille.

A quelle époque se sont opérés ces phénomènes ? Voici ce qu'il importe de fixer. Sur le bord sud du plateau anthraxifère, on trouve aussi des amas de même nature de sable blanc très fin, de sable plus grossier, d'argile, de minerai de fer ; mais ces amas diffèrent de la plupart de ceux de l'intérieur du plateau, en ce que les substances y sont régulièrement stratifiées. Le sable est grossier, graveleux à la base, très fin dans le haut; l'argile est à la partie supérieure alternant avec le sable fin et le recouvrant; le minerai forme des nodules concrétionnés dans le sable grossier. Tous ces lits renferment en abondance des débris de végétaux.

Quel que soit l'âge de ces couches pour lesquelles Dumont avait créé le nom d'*aachénien*, on ne peut méconnaître leur analogie avec les dépôts geysériens du même auteur. Ce sont les mêmes éléments qui, au lieu de rester à l'endroit où ils se sont produits, se sont épanchés dans un bassin rempli d'eau et s'y sont stratifiés. L'âge des dépôts stratifiés est ordinairement beaucoup plus facile à déterminer que celui des roches venues de l'intérieur de la terre. Cependant pour le système aachénien on a eu longtemps des doutes. Dumont le considérait comme appartenant à l'époque wealdienne. J'ai montré l'année dernière qu'on devait le rapporter au gault (1). C'est aussi pendant cette période qu'ont dû avoir lieu les éjaculations d'argile du Hainaut et du Condros, et peut-être doit-on chercher là les sources de cette masse d'argile pure qui constitue le gault dans le centre du bassin de Paris.

Je ne voudrais cependant pas prétendre que tous les amas d'argile et surtout que tous les filons métalliques du plateau anthraxifère, se soient produits uniquement pendant les premiers âges de l'époque crétacée. Ces phénomènes ont pu commencer longtemps avant cette période, mais c'est alors que la formation de l'argile et du sable a été le plus abondante ; c'est alors qu'elle a pu contribuer au remplissage des bassins environnants ; et dans l'ignorance où nous sommes de l'âge exact de chaque injection argileuse ou métallique, nous devons, provisoirement du moins, les rapporter toutes à l'époque du gault.

Je pourrais entrer dans beaucoup de détails sur la disposition et sur la formation des filons métalliques; mais ces questions intéressent beaucoup plus la géologie générale et l'art du mineur, que la

---

(1) *Bull. de la Soc. géol.*, t. XVI, p. 422.

connaissance géognostique du plateau antraxifère. D'ailleurs par l'intérêt industriel qu'elles présentent, elles ont attiré depuis longtemps l'attention des savants et ont suscité un grand nombre de travaux remarquables.

Je renvoie les personnes qui voudraient acquérir sur ce sujet quelques notions générales, à l'abrégé de géologie de M. d'Omalius d'Halloy, et je passe à l'étude d'une contrée qui présente avec le Hainaut les rapports les plus intimes.

---

## IV. COMPARAISON DES TERRAINS PRIMAIRES

### DU BOULONNAIS AVEC CEUX DE LA BELGIQUE.

*Sommaire*. Historique. — Terrain dévonien du Boulonnais. — Son identité avec la bande dévonienne de Rhisnes. — Terrain carbonifère. — Son identité avec le même terrain en Belgique. — Le bassin houiller du Boulonnais est le prolongement de celui de Mons. — Sondage de Menin. — Données qu'il fournit pour établir la limite septentrionale du terrain dévonien.

Le bas Boulonnais est formé par un îlot de terrain jurassique au milieu de la plaine crayeuse de la Picardie. Le terrain jurassique, très épais vers le S.-O., s'amincit vers le N.-E. De ce côté on le voit reposer en stratification discordante sur les roches fortement inclinées du terrain primaire; ce sont celles-ci qui vont nous occuper : elles ne sont visibles que sur une faible étendue, car à peine se sont-elles dégagées complétement du terrain jurassique qu'elles sont recouvertes par l'escarpement de craie qui limite au N.-E. cette petite région naturelle.

Tous les observateurs qui ont visité les terrains primaires du Boulonnais ont remarqué leur analogie avec ceux de la Belgique. Monnet l'avait signalée dès 1780. Le mémoire de Rozet sur le bas Boulonnais, si complet sous le rapport du terrain jurassique, laisse au contraire beaucoup à désirer dans la partie qui s'occupe des terrains primaires. Cette lacune tenait à l'état peu avancé des connaissances de cette époque (1830) sur la géologie des premiers âges du globe.

Pour trouver des études précises et exactes, il faut arriver à la
note présentée par M. de Verneuil à la Société géologique de
France, le 6 septembre 1838 (1). Il indique le résultat d'un voyage
qu'il venait de faire dans le bas Boulonnais avec MM. d'Omalius
d'Halloy et Dumont, et il s'applique surtout à distinguer deux espèces
de calcaire : l'un exploité dans les carrières de Lunelle, de Napoléon et du haut Banc, présente tous les caractères du Mountain-li-
mestone des Anglais ; l'autre, rougeâtre, fétide, caractérisée par un
*spirifer strié* (*Sp. Verneuili*), est celui de Ferques. M. de Verneuil le
rapporte au terrain silurien de Dudley, de Wenlock, de l'Eifel. Ces
deux assises calcaires sont l'une et l'autre accompagnées de dolomie ;
elles sont séparées par une couche de grès et de psammites (2) ; une
autre couche de conglomérat et de psammite forme la partie inférieure du terrain.

M. de Verneuil avait fait ce voyage en compagnie des savants qui
avaient fondé la géologie de la Belgique ; aussi dût-il comparer cha-
cune des assises du Boulonnais avec les assises de la Belgique, et il
y signala les quatre systèmes établis par Dumont dans le terrain anthraxifère ; en outre il saisit d'autres analogies tirées de la paléontologie. C'est ainsi qu'il montra que le calcaire de Ferques était le
même que celui de Rhisnes près Namur.

La singulière disposition du terrain houiller, intercalé entre les
couches du calcaire carbonifère n'avait pas manqué de frapper vivement l'attention de ce savant. Il y a là l'indication d'un gisement
très anormal ; il fait cependant observer qu'à Mons on exploite de la
houille sous une couche de calcaire carbonifère.

L'année suivante (1839), la Société géologique se réunit en séance
extraordinaire à Boulogne-sur-Mer ; elle constata les faits observés
par M. de Verneuil et les analogies qu'il avait signalées (3). M. du
Souich, ingénieur des mines du Pas-de-Calais, fit une description des
plus complètes du bassin houiller d'Hardingem et de toute la partie
sud du bas Boulonnais. Enfin, M. Murchison indiqua les correspon-

(1) *Bull. Soc. géol.*, 1re série, t. IX, p. 388.
(2) *Loc. cit.*, pl. IX, p. 361, fig. 14.
(3) *Bull. Soc géol.*, 1re série, t. X, p. 399 et suiv.

dances des diverses assises observées par la Société avec celles qu'il avait établies dans le terrain silurien d'Angleterre.

Il ressortit de ces travaux que les divers étages du silurien d'Angleterre existaient dans le Boulonnais, et que la houille de cette contrée était intercalée dans le calcaire carbonifère.

En 1840, dans un mémoire (1) que j'ai déjà eu occasion de citer parce qu'il fit une révolution dans la science des terrains paléozoïques, et qu'il établit les divisions aujourd'hui admises, M. Murchison annonça qu'il s'était trompé en comparant les couches du Boulonnais à celles du silurien d'Angleterre. Il venait, en parcourant les bords du Rhin et la Belgique, de reconnaître dans les couches fossilifères de ce pays les correspondants du vieux grès rouge d'Angleterre, de son nouveau système dévonien. L'analogie du Boulonnais avec la Belgique était trop grande, pour que ce savant pût hésiter plus longtemps à ranger les calcaires de Ferques dans le terrain dévonien. M. Lonsdale confirma ces vues par l'étude des fossiles du Boulonnais.

En 1852, M. Delanoue publia dans le *Bulletin* (2) une excellente petite carte du Boulonnais avec quelques mots d'explication. Il compare les terrains anciens avec ceux de la Belgique, et y reconnaît les six étages admis par Dumont dans son terrain anthraxifère.

Enfin, l'année suivante (1853), parut le travail important de M. Godwin Austen (3). Ce géologue donne une description complète et minutieuse des terrains primaires du Boulonnais, et il arrive à peu près aux mêmes conclusions que M. Delanoue; il trouve dans cette contrée les équivalents du Poudingue de Burnot et des grès ahriens de Dumont, du calcaire de Givet, des schistes et des psammites du Condros, du calcaire de Tournai, du calcaire de Visé, des schistes houillers et même du terrain permien (Magnesian limestone). Tel est le dernier mot qui a été dit jusqu'à cette heure sur le Boulonnais.

On sait cependant, par le *Siluria* (4), que MM. de Verneuil et de

(1) *Bull. Soc. géol.*, 1ʳᵉ série, t. XI, p. 229.
(2) *Bull. Soc. géol.*, 2ᵉ série, t. IX, p. 399.
(3) *Quart. journ. Geol. Lond., Soc.*, t. IX, p. 351.
(4) *Siluria*, 3ᵉ édit., p. 440.

Koninck ne partagent pas les vues de M. Austen et continuent à ne voir dans les couches dévoniennes du Boulonnais que l'étage supérieur. C'est cette opinion que je me propose de venir appuyer de nouvelles preuves.

Le résumé historique montre que tous les progrès que l'étude du Boulonnais a faits, sont dus à la comparaison de cette région avec la Belgique; c'est encore par le même moyen que j'espère élucider la question. Les nombreux travaux que je viens de citer, surtout celui de M. Austen, me dispensent de toute description locale. Je prendrai donc les couches à la suite les unes des autres pour établir leur concordance avec les terrains de la Belgique.

Dans ce dernier pays, la composition du sol ne se ressemble pas dans les deux bassins méridionaux et septentrionaux. Avec lequel doit-on comparer le Boulonnais? M. de Verneuil a dès l'abord résolu la question avec une rare sagacité. Dès 1835, il a dit : Ferques, c'est Rhisnes. Tout géologue qui étudie comparativement les environs de Rhisnes et ceux de Ferques, ne peut qu'être frappé de leur concordance extrême.

*Terrain dévonien.* — L'assise la plus élevée du terrain dévonien du Boulonnais (voir la coupe, fig. 37, pl. IV) est un grès schistoïde micacé, jaune ou gris, rouge et argileux à la partie inférieure, il renferme : *Cucullea Hardingii, C. trapeozoidum.* Rozet le désignait sous le nom de grès à *unio*; c'est le *Yellow sandstone* de M. Austen; il représente le Psammite des Écaussines.

L'assise inférieure au grès est un calcaire noir, compacte, présentant un grand nombre de fentes où a pénétré une matière rouge, argileuse; il renferme quelques bancs noduleux qui alternent avec des schistes. On l'exploite dans les carrières de Ferques et de Fiennes. Ces localités, surtout la première, sont devenues célèbres depuis les publications de M. Murchison. Les principaux fossiles qu'on y rencontre, sont :

| | |
|---|---|
| *Terebratula reticularis.* | *Orthis umbraculum.* |
| *T. concentrica.* | *O. Dutertrii.* |
| *T. Boloniensis.* | *Productus subaculeatus.* |
| *Spirifer Verneuili.* | *P. productoides.* |
| *Sp. Archiaci.* | |

M. de Verneuil avait reconnu les véritables affinités de ce calcaire en le rapprochant de celui de Rhisnes.

Des schistes rouges viennent dessous le calcaire et le séparent d'un banc de dolomie cristalline et caverneuse. Le même fait s'était montré dans la bande de Rhisnes ; sous le calcaire noduleux à *Sp. Verneuili*, on trouve des schistes et des grès qui sont rouges à Mazy, puis un banc parfaitement constant de dolomie cristalline et caverneuse. M. Murchison, et après lui M. Austen, avaient rapproché la dolomie de Ferques de celle qu'on trouve dans l'Eifel à Gerolstein, dans l'étage du calcaire de Givet.

La dolomie repose dans le Boulonnais, sur des schistes argileux remplis de *Favosites cervicornis*, d'*Alveolites subæqualis*, *T. reticularis*, *Sp. Verneuili*. C'est exactement la même assise qui leur succède à Horrues et dans d'autres points de la bande dévonienne de Rhisnes.

On rencontre ensuite un calcaire exploité au S.-O. de la ferme de la Cédule (calcaire de Blacourt de M. Austen). Il est bleu foncé, en bancs compactes, présentant à sa partie supérieure des schistes remplis de plaquettes calcaires où l'on trouve parmi d'autres fossiles le *Spirifer Bouchardi*. Ce fossile se rencontre en Belgique, dans la même position, à la partie supérieure du calcaire de Bovesse.

Dessous le calcaire de Blacourt, on voit des grès verdâtres, puis des schistes rouges amarantes, avec points verts. Ces roches ne présentent que quelques affleurements difficiles à étudier. Je les regarde comme correspondant au conglomérat rouge d'Horrues.

M. Austen cite en outre, sous la ferme de la Cédule, un troisième calcaire (calcaire de la Cédule) qu'aucun de ses devanciers n'avait encore vu. Je n'ai pas été plus heureux, je n'ai pu en trouver aucun affleurement ; la carrière qu'indique M. Austen est probablement bouchée. Ces bancs seraient, selon lui, les plus inférieurs de l'étage dévonien du Boulonnais, et il les place avec les grès verts et les schistes rouges dans le poudingue de Burnot.

Dans un puits creusé à Caffiers, dans le but de rechercher de la houille, on a trouvé des schistes avec Graptolites. Ces roches sont évidemment siluriennes. Aussi M. Murchison, en établissant que les couches du Boulonnais appartiennent au dévonien, fit-il une exception pour les schistes de Caffiers. M. Austen n'adopta pas cette idée, et malgré les Graptolites, il fit les roches de Caffiers du terrain dévonien. Ces deux géologues considèrent les schistes à Graptolites comme étant les mêmes que les grès verts qui sont près de la ferme de la Cédule : ceux-ci sont trop peu visibles pour que j'aie pu me former une opinion certaine à cet égard ; mais je penche à croire que les grès de la Cédule appartiennent bien au terrain dévonien, qu'ils reposent en stratification discordante et peu inclinée sur les couches très redressées du terrain silurien. Ce sont ces couches que le puits de Caffiers a dû atteindre après avoir traversé les grès. Les schistes à Graptolites sont donc dans mon opinion le prolongement des schistes de Gembloux et appartiennent comme eux au silurien moyen (1).

Le tableau ci-joint marque la concordance des assises du Boulonnais avec celles de la bande dévonienne de Rhisnes.

J'ai montré que toute la bande dévonienne de Rhisnes devait être rapportée à l'étage des psammites du Condros. Les mêmes raisons existent pour les assises du Boulonnais, où l'on n'a jamais trouvé non plus aucun des fossiles caractéristiques des étages inférieurs.

Il est réellement merveilleux de voir les mêmes couches s'étendre depuis les environs de Liége jusqu'à Boulogne-sur-Mer, avec des caractères minéralogiques aussi constants. L'étonnement s'accroît encore lorsqu'on songe que l'étage auquel elles appartiennent est très variable par sa composition, dans une direction du nord au sud.

---

(1) Depuis que j'ai écrit ces lignes, M. de Verneuil m'a dit que ces empreintes étaient trop mal conservées, pour que l'on pût affirmer que ce fussent des graptolites. Je n'ai pas cru, cependant, devoir rien changer à ce que j'avais écrit, car l'existence des graptolites dans ces schistes me paraît non-seulement possible mais même probable. Ce même savant a vu, en effet, de véritables graptolites, provenant d'un sondage exécuté pour la houille, dans le nord de la France.

| Terrains du Boulonnais. | Équivalents belges dans la bande de Rhisnes. | Concordance avec la classification de Dumont, d'après M. Delanoue. 1852. | Équivalents belges d'après M. Austen. 1855. | Concordance avec le silurien d'Angleterre proposée par M. Murchison. 1852. |
|---|---|---|---|---|
| Grès jaune et rouge de Fienne . | Psammite des Écaussines. | Condrusien quarzoschisteux, $C^1$. | Schistes et psammites du Condros. | Roches de Ludlo w. |
| Calcaire de Ferques . . . . . . | Calcaire de la ferme Fanué. / Calcaire noir de Golzinne. / Calc. noduleux de Rhisnes. | Eifélien calcareux, $E^3$. | | |
| Schistes rouges . . . . . . . . | Grès et poudingue rouges de Mazy. | | Calcaire de Givet. | Calcaire de Wenlock. |
| Dolomie caverneuse . . . . . . | Dolomie caverneuse. | Eifélien quarzoschisteux, $E^2$. | | |
| Schistes à polypiers . . . . . . | Schistes à polypiers et bancs calcaire subordonnés. | | | |
| Calcaire de Blacourt à *Spirifer Bouchardi* . . . . . . . . . | Calcaire de Bovesse à *Sp. Bouchardi*. | | | |
| Grès verts et schistes rouges . . | Grès et poudingue schisteux rouges d'Horrues. | Eifélien quarzoschisteux, $E^1$. | Poudingue de Burnot et ahrien de Dumont. | Grès de Caradoc. |
| Calcaire de la Cédule ? . . . . . | | | | |
| Schistes à Graptolites du puits de Caffiers . . . . . . . . | Schistes à *Trinucleus* de Gembloux. | | | |

*Terrain carbonifère.* — Le terrain carbonifère du Boulonnais est plus compliqué que le terrain dévonien ; la description qu'en a donnée M. Austen, est loin de me satisfaire, aussi dois-je entrer dans quelques détails, et pour faciliter l'étude, je ferai deux coupes, l'une au N.-O. (fig. 37, pl. IV), l'autre au S.-E. (fig. 38) de Ferques. Commençons par la première..

La couche la plus inférieure du calcaire carbonifère est une dolomie grenue souvent remplie d'encrines ; on la voit au nord de Bois-Sergent reposer sur les grès jaunes du dévonien. Sous la ferme de Bois-Sergent et dans la campagne qui l'environne, on trouve des têtes de rochers appartenant à un calcaire compacte gris blanchâtre dont la ressemblance avec le calcaire carbonifère supérieur de la Belgique n'est pas un instant douteuse. Ce calcaire se prolonge à l'ouest comme à l'est. Sous la ferme de la Coste, on exploite un calcaire bleu foncé appartenant au même étage. La surface des bancs est colorée en rouge par de l'argile ferrugineuse.

A 500 mètres au S.-E. se trouve le trou d'une ancienne mine de houille aujourd'hui abandonnée ; la bande houillère n'a pas plus de 30 mètres de large. Tout près de la mine on voit une carrière ouverte dans un calcaire gris compacte incliné vers le S.-S.-O., et par conséquent supérieur à la houille ; il appartient au calcaire carbonifère supérieur, et en se dirigeant vers le S. on continue à travers des affleurements de cet étage. On l'exploite pour marbre dans les carrières Napoléon et de Lunelle. M. de Verneuil rapporte (1) quelques détails intéressants sur la mine de houille : à quelques pieds, le puits a traversé des grès analogues aux grès houillers, puis des schistes noirs et bitumineux suivis d'un calcaire d'une épaisseur de 23 à 24 pieds, renfermant des empreintes de *Productus scabriculus.* Sous ce calcaire, on a rencontré une première couche de houille, et à 100 pieds, deux autres d'une épaisseur peu considérable ; on continuait de percer dans des grès durs et on était arrivé à une profondeur d'environ 300 pieds. Mais toutes ces couches étant fortement inclinées, on ne peut juger de leur épaisseur réelle par leur hauteur dans le puits ; on reconnaît facilement, dans le calcaire à *Productus*

(1) *Bull. Soc. géol.,* 1re série, t. IX, p. 391.

*scabriculus*, le banc que l'on trouve presque partout en Belgique, à
la partie la plus inférieure des schistes houillers, et que j'ai assimilé
au calcaire à *Goniatites diadema* de Chokier.

M. Austen admet que les schistes houillers de Ferques appartiennent
au *Coal measures* des Anglais ; les calcaires qui sont au nord représentent le calcaire carbonifère, et les calcaires Napoléon et de Lunelle
seraient l'analogue du *Magnesian limestone*. Mais tous les autres
géologues ont reconnu que ces derniers calcaires étaient réellement
carbonifères ; tous ont admis que la houille était intercalée au milieu
de cet étage et n'appartenait pas au véritable terrain houiller, au
Coal measures (1). Ils voyaient là un fait semblable à ce qui a lieu
dans le nord de l'Angleterre. Je ne partage pas cette opinion. Dans
presque toute la longueur du bassin houiller de la Belgique, la
bande de calcaire carbonifère qui forme le bord sud de ce bassin
repose sur les schistes houillers et leur parait supérieure : cette
disposition est même si générale et si évidente qu'elle a trompé
plusieurs géologues. M. d'Omalius d'Halloy, lui-même, s'est de-
mandé un instant si la partie du calcaire qui recouvre le terrain
houiller ne correspondrait pas au Magnesian limestone. Il a fallu les
consciencieux travaux de Dumont pour établir d'une manière évidente que l'on avait affaire à un plissement, à un V incliné ; il suffit
d'ailleurs d'examiner comparativement la coupe du Boulonnais avec
celle du chemin de fer du Nord (fig. 17, pl. III), ou même la coupe
générale du plateau anthraxifère de la Belgique (fig. 5, pl. II),
pour saisir la ressemblance des deux pays.

Les houillères les plus importantes du Boulonnais sont celles
d'Hardinghem ; elles sont situées sur le prolongement de la bande
houillère de Ferques, sans qu'elles soient cependant en continuité
avec elles. Ainsi, sur les bords du ruisseau de Combreux, il m'a été
impossible de voir les schistes et les grès du terrain houiller ; les
deux branches du V se sont tellement resserrées qu'elles ont disparu
entièrement ou sont du moins très réduites. J'ai fait remarquer le
même accident dans le bassin houiller de la Belgique.

En 1839, M. du Souich (2) signala au S.-O. du bassin houiller d'Har-

(1) M. Austen s'est rangé depuis à cette opinion (*Quart. journ.*, t. XII
[1856], p. 41).
(2) *Bull. Soc. géol.*, 1re série, t. X, p. 408.

dinghem et au milieu du calcaire carbonifère un second affleurement de roches du même étage, composé de schistes et de grès avec petites veines de houille. Il affleure à l'entrée du bois des Roches ; on le voit aussi lorsqu'on monte la rivière à Hidrequent. Mais M. Élie de Beaumont (1) dit que dans une course qu'il avait faite dans cette localité, avec MM. Sedwich et Murchison, ils avaient trouvé dans ces grès des fossiles dévoniens (*Productus subaculeatus*, *Terebratula reticularis Orthis Dutertrii*). La Société géologique avait constaté le même fait à la montée d'Hidrequent ; il me paraît résulter de là que ces grès appartiennent à la partie supérieure des psammites du Condros qui formeraient un pli au milieu du calcaire carbonifère (fig. 38).

Au delà on retrouve le calcaire supérieur avec bancs de dolomie subordonnés, formant des rochers sur la rive droite du ruisseau de Combreux, en amont et en aval de la scierie de marbre. Enfin, plus à l'ouest, derrière l'usine de Bouquinghem, un forage a indiqué des schistes et des psammites, qui appartiennent probablement aussi aux psammites du Condros, formant le bord sud du bassin boulonnais.

Le calcaire carbonifère du Boulonnais appartient à l'étage supérieur ou calcaire de Visé ; l'assise dolomitique y est à peine représentée par la bande de dolomie qui sépare à Ferques le terrain carbonifère du terrain dévonien. On n'a pas encore observé jusqu'ici que le banc de dolomie se retrouvât des deux côtés de la selle formée par les psammites du Condros, du bois des Roches ; mais on trouve souvent au milieu du calcaire compacte des bancs de dolomie solide ou pulvérulente. Dans une carrière située près de l'église de Ferques, le calcaire est traversé de nombreux filons spathiques, et au milieu de ces petites veines blanches on distingue un filet d'argile rouge. C'est en quelque sorte l'indication du phénomène qui a produit la brèche de Dourlers.

Jusqu'ici je n'ai pas parlé des fossiles que l'on trouve dans le calcaire, c'est qu'ils ne sont pas très communs. Cependant, dans les carrières du Haut-Banc, on rencontre en abondance le *Productus cora*. C'est cette espèce qui en Belgique caractérise le calcaire carbonifère supérieur du bassin septentrional. Outre ce fossile, M. Austen cite, sous l'autorité de M. Scharpe, un certain nombre d'espèces :

(1) *Expl. Carte géol. Fr.*, t. I, p. 784.

*Eomphalus pentangulatus* T , V. (1).  
*Natica antiqua.*  
*Loxonema subculosa.*  
*Terebratula hastata.*  
*T. elongata.*  
*Spirifer glaber* V.  
*Sp. duplicicosta* V.  
*Sp. bisulcatus.*  
*Sp. lineatus* T., V.  
*Orthis (strophalosia) crenistria* V.

*Chonetes papillonacea* V.  
*Productus semi-reticulatus* T., V. (*Martini, antiquatus*).  
*P. giganteus (auritus)* V.  
*P. undatus* V.  
*P. scabriculus* V.  
*P. plicatilis* V.  
*P. flemingii (Longispinus)* T., V.  
*P. fimbriatus* V.

Cette liste ne peut que confirmer l'opinion que j'ai déjà émise, que le calcaire carbonifère supérieur présente la faune de Visé, puisque presque toutes les espèces se trouvent à Visé, et qu'aucune d'entre elles n'est spéciale à Tournay.

Les détails dans lesquels je viens d'entrer, montrent avec la plus grande évidence, contrairement à l'opinion de tous les géologues, que le bassin houiller du Boulonnais est le prolongement de celui de Mons. Cette observation est importante, car elle pourra peut-être empêcher les spéculateurs de s'exposer à des dépenses inutiles, en allant rechercher le bassin houiller de la Belgique, soit au sud, soit au nord de celui du Boulonnais, comme le leur ont conseillé les géologues qui ont le plus étudié la question. Ainsi M. Delanoue (2) engage les ingénieurs à chercher le terrain houiller, non pas au sud, mais au nord de Caffiers, et cela dans la supposition que les grès verts et les schistes rouges de Caffiers sont le prolongement de la grande ligne du poudingue de Burnot qui limite au sud le bassin houiller de la Belgique. Cependant, quelques tentatives que l'on ait faites et que l'on fasse encore au nord de cet endroit, on ne rencontrera que les schistes siluriens, prolongement de ceux du Brabant, et jamais la houille.

M. Godwin Austen dit que le véritable terrain houiller, celui que l'on exploite en Belgique et sur la frontière de France, se trouve probablement sous le terrain oolitique, au sud de Marquise (3). Il croit aussi qu'il acquiert dans le nord de la France une largeur

(1) Les lettres T.,V., indiquent que ces fossiles ont été trouvés à Tournay où à Visé d'après M. de Koninck.

(2) *Bull. Soc. géol.*, 2ᵉ série, t. XI, p. 405.

(3) *Extension of the Coal measures. Quart. journ. Geol. Soc. of London.* t XII, p 40.

beaucoup plus considérable qu'en Belgique (1). Cette dernière assertion aurait, si elle était vraie, une importance industrielle bien autrement remarquable, comme le fait observer son savant auteur, que
l'extension du bassin vers l'ouest. Malheureusement, elle est contraire aux faits ; il suffit de jeter les yeux sur la petite carte du bassin
houiller franco-belge, insérée dans le même volume par MM. De-
goussée et Ch. Laurent, pour s'assurer que la bande houillère va en
se rétrécissant dans cette direction. Disparait-elle totalement à l'ouest
de Rety, par le rétrécissement du V formé par le calcaire carbonifère, il est possible que cela ait lieu dans certains points, mais je
doute que cette disparition soit complète. Dans tout l'espace compris
entre Rety et Hardinghen, des sondages opérés avec persévérance et
surtout conduits par une connaissance minéralogique et géologique
exacte du bassin antraxifère, viendront, je l'espère, doter ce pays
déjà si riche de nouvelles exploitations.

*Sondage de Menin.* — L'intérêt naturel qui s'attache à toutes les
questions qui concernent le terrain houiller m'engage à émettre mon
opinion sur le nouveau bassin houiller qui pourrait exister au nord
de Lille, d'après l'opinion de quelques géologues. M. Meugy, en présentant à la Société géologique, le 19 avril 1858, le résultat d'un
sondage fait à Halluin, près de Menin, y signale le terrain houiller,
et exprime l'opinion que ce pourrait être « le bord méridional d'un
bassin, susceptible de prendre vers le nord un certain développement. »

MM. d'Ormoy et Delanoue (séance du 4 avril 1859) ne crurent
pas pouvoir adopter l'explication de M. Meugy ; ils ne reconnais-
saient pas le terrain houiller dans les roches d'Halluin. M. Delanoue
n'y voyait que des roches dévoniennes.

Je n'ai pas eu l'occasion de voir les résultats du sondage, mais la
liste des diverses couches traversées, donnée par M. Meugy (2), me
permet de préciser, plus que ne l'a fait M. Delanoue, la partie du terrain dévonien à laquelle on a eu affaire.

En dessous du terrain crétacé la sonde a traversé :

(1) *Loc. cit.*, p. 51.
(2) *Bull. Soc. géol*, 2ᵉ série, t. XV, p. 461.

Schiste gris foncé. . . . . . . . . . . . . . 17,40
Grès micacé avec veines charbonneuses . . . . . 4,20
Calcaire . . . . . . . . . . . . . . . . . . 13,40
Schistes rougeâtres alternant avec des schistes et
  des psammites gris-bleuâtre. . . . . . . . . 26
Poudingue rouge (*communication inédite de M. De-lanoue*).

Or, dans le Boulonnais, sous le calcaire de Blacourt à *Sp. Bouchardi*, on trouve des schistes et des grès micacés compactes, semblables à ceux qui sont associés avec la houille exploitable. Près de la Cédule, ce banc contient beaucoup de matière charbonneuse; on y a recherché de la houille à Bainghen et à Caffiers. Ils sont suivis de schistes et de poudingues rouges. Enfin, M. Austen signale la base de ce système, une petite assise calcaire. Ce calcaire, que je n'ai pu trouver, ne forme pas un banc bien constant, car on ne le voit pas en Belgique. Il n'y aurait donc rien d'étonnant à ce qu'une lentille du même genre se retrouvât près de Menin à un niveau un peu plus élevé.

J'ai montré que toute cette série inférieure du Boulonnais représentait le conglomérat rouge, d'Horrues, de Feluy, etc., et appartenait à l'étage des psammites du Condros (partie inférieure). Elle s'appuie en stratification discordante sur le prolongement des terrains dévonien inférieur et silurien moyen du Brabant, et les sondages entrepris au nord d'Halluin par les conseils de M. Meugy, ne peuvent rencontrer que ces roches.

Je ne prétends pas que la bande silurienne de Brabant doive s'étendre bien loin vers le nord; il est possible qu'elle se termine vers une ligne passant au sud de Malines et de Gand, mais rien ne prouve qu'au delà on doive rencontrer le terrain houiller, et toute tentative au nord de cette ligne serait bien hasardeuse. Quant à celles qu'on pourrait faire au sud, on peut être assuré d'avance de leur résultat négatif.

Mais si le sondage d'Halluin a été infructueux pour les actionnaires, il a été très utile à la science, car il permet de déterminer entre le Brabant et le Boulonnais un nouveau point de l'ancien rivage du dévonien supérieur.

On en connaît déjà d'autres situés plus près du Boulonnais, l'un à Vizernes, au sud de Saint-Omer, l'autre aux hameaux de Fouquexolle et de Loquingoie, dans la partie sud de la commune d'Andrehem, au sud d'Ardres.

On peut donc maintenant tracer ce rivage sans s'exposer à de graves erreurs (voir fig. 2, pl. I) : on voit qu'il forme avec la limite nord du terrain houiller un triangle irrégulier dont la hauteur est de 35 kilomètres entre Ostricourt et Halluin. A l'exception d'une petite zone extérieure de terrain dévonien, toute la surface du triangle est formée par le calcaire carbonifère presque horizontal au centre et fortement redressé vers les extrémités. La largeur du calcaire dans ces points extrêmes (environs de Liége et Boulonnais) est encore diminuée par la disparition de l'étage inférieur (calcaire de Tournay) qui n'existe qu'au centre du triangle.

## V. CONCLUSIONS.

*Sommaire.* Divisions du terrain primaire de la Belgique en étages distincts sous les rapports paléontologique et stratigraphique. — Groupement de ces étages en terrains. — Limite entre les terrains carbonifère et dévonien. — Distribution des étages du terrain dévonien en trois groupes. — Importance des divisions établies dans les terrains primaires comparées à celles des terrains secondaires et tertiaires. — Comparaison avec les terrains primaires des pays étrangers. — Mouvement du sol du bassin antraxifère pendant l'époque primaire.

Je viens de montrer dans ce travail que les terrains primaires de l'Ardenne, du Plateau antraxifère et du Brabant se composent d'un certain nombre d'étages également caractérisés paléontologiquement et stratigraphiquement.

Ce sont de bas en haut :

1° Schistes et quarzites avec porphyre (silurien moyen).
2° Poudingue et schistes gédiniens.
3° Grauwacke à Leptæna Murchisoni (coblantzien).
4° Poudingue de Burnot (comprenant l'ahrien de Dumont).
5° Schistes à calcéoles.
6° Calcaire de Givet.

7° Schistes de Famenne (comprenant les couches à *T. cuboïdes*).
8° Psammites du Condros.
9° Calcaire de Tournai (calcaire carbonifère inférieur).
10° Calcaire de Visé (calcaire carbonifère supérieur).
11° Schistes et grès houiller.

Lorsque les géologues eurent remarqué combien était variable la composition minéralogique des dépôts de même âge, ils cherchèrent des caractères plus constants et plus sûrs dans l'étude des êtres organisés. Ils réunirent dans un même groupe toutes les couches qui renferment la même faune, et tracèrent une ligne de démarcation là où la différence entre les fossiles de deux couches adjacentes était la plus grande.

Depuis quelques années, un nouveau principe s'est introduit dans la science; on a tenté de classer les couches d'après l'étendue territoriale des mers où elles se sont déposées. Lorsque deux assises se sont formées dans des bassins de forme différente, elles ne se recouvrent pas d'une manière régulière dans tous les points où on les observe, il y a stratification transgressive; il y a lieu, d'après cette nouvelle théorie, à en faire deux étages distincts. Chacun des étages que j'ai établis est en stratification transgressive avec ses voisins; chacun d'eux, quoique renfermant des fossiles communs aux étages inférieurs ou supérieurs, présente un certain nombre d'espèces qui lui sont spéciales. Partout où l'un de ces caractères fait défaut, je n'ai pas cru devoir établir un étage. C'est ainsi que j'ai réuni dans un même groupe les schistes à calcéoles et les schistes à *Spirifer cultrijugatus*, quoique leur faune fût distincte, et cela parce qu'ils sont partout, où je les ai observés en stratification concordante; c'est ainsi que la continuation d'une même faune m'a empêché d'élever au rang d'étages distincts les couches à *T. cuboides* et les schistes de Famenne, bien qu'ils présentent une stratification transgressive.

On est généralement d'accord pour reconnaître que les divers étages que j'ai cités appartiennent à trois terrains.

Terrain silurien.
— dévonien.
— carbonifère.

Le terrain silurien de l'Ardenne et du Brabant n'est pas complet; il est réduit à sa partie moyenne; aussi dans l'Ardenne est-il recouvert en stratification discordante par le terrain dévonien. Quelques géologues avaient voulu voir, il est vrai, dans le terrain gédinien de Dumont, le représentant du silurien supérieur d'Angleterre, mais cette idée est abandonnée depuis le travail de M. Hébert, que j'ai cité dans la partie historique.

La limite entre le terrain dévonien et le terrain carbonifère est sujette à quelques controverses. La plupart des géologues la placent à la base du calcaire carbonifère inférieur (calcaire de Tournay); mais quelques-uns, tels que M. Juckes, en Irlande, MM. Scharpe et Godwin, en Angleterre, veulent ranger dans le terrain carbonifère des assises de leur pays qui correspondent aux psammites du Condros et aux couches à *Terebratula cuboides* (calcaire de Barnstaple et de Petherwin). M. Scharpe, qui a aussi visité la Belgique, dit, dans un rapport fait en 1853 sur la classification de Dumont (1), que les systèmes $C^2$ et $C^3$ de cet auteur doivent se ranger dans la série carbonifère, le système dévonien commençant dès lors au calcaire de Givet.

Cette opinion qui fait de grands progrès au delà de la Manche n'est nullement conforme aux faits, et l'on doit, selon moi, laisser la limite supérieure du terrain dévonien là où l'avait placée M. Murchison. Lorsque j'ai parlé du calcaire d'Étrœungt, j'ai montré que sous le rapport paléontologique il était intimement lié au calcaire carbonifère. Mais ce n'est là que le terme tout à fait supérieur d'une série dont l'ensemble de la faune est complétement dévonien. Dans toute cette série, depuis le haut jusqu'en bas, on trouve un certain nombre de fossiles que l'on a toujours considérés comme caractéristiques du terrain dévonien. Ce sont le *Phacops latifrons*, qui se trouve en abondance dans les schistes à calcéoles; le *Spirifer Verneuili* et ses congénères, les *Sp. Archiaci, disjunctus, aperturatus*, etc., qui existent dans l'Eifel, à Paffralh, dans la Sarthe; la *Terebratula reticularis* qui, bien que se trouvant dans le terrain silurien supérieur, est un fossile éminemment dévonien. Ainsi, quelque

(1) *Quart. Journ. Géol. Lond. Soc.*, t. **IX**, p. 18.

liaison que les strates supérieurs du dévonien offrent avec le terrain carbonifère, la présence des trois fossiles que je viens de citer suffit pour les rattacher au groupe dévonien.

Constitué comme je viens de le dire, ce terrain se compose de sept étages. On a cherché à y établir des divisions intermédiaires pour lesquelles on se sert des termes de dévonien supérieur, moyen et inférieur. On s'est accordé assez généralement à faire commencer le dévonien supérieur aux couches à *Terebratula cuboides* inclusivement. Mais pour la limite entre le dévonien moyen et le dévonien inférieur, chaque géologue qui s'est occupé de la question a émis un avis différent. Lorsque Dumont eut créé un terrain rhénan, on admit que ce groupe appartenait au dévonien inférieur, et que le dévonien moyen commençait inférieurement par le poudingue de Burnot. Cependant MM. Fr.-Ad. et Ferd. Rœmer (1 et 2) pensent que non-seulement les roches rouges, mais les schistes à *Sp. cultrijugatus* correspondent à la vieille grauwacke du Rhin, qui avait toujours été considérée comme le type de l'étage inférieur. M. Scharpe (3) place la limite au-dessus du poudingue de Burnot. D'autres géologues la font descendre jusqu'au-dessous des grès noirs arhiens; mais toutes ces opinions ne sont basées sur aucun fait. Les différents étages du terrain dévonien se lient trop intimement pour qu'on puisse y établir une division qui ne laisse pas une grande place à l'arbitraire.

Il est cependant un étage qui se distingue de tous les autres, un étage qui, selon l'expression de M. Murchison, donne au terrain dévonien sa physionomie spéciale, son droit à l'existence comme terrain indépendant; s'il n'était pas, tout ce qui se trouve au-dessus pourrait être réuni au terrain carbonifère, tout ce qui est au-dessous au terrain silurien. Cet étage si important, c'est le calcaire de Givet avec sa faune si bien caractérisée par l'extrême abondance des *Murchisonia* et autres Gastéropodes, et surtout par l'existence de genres tout spéciaux, tels que le Strigocéphale et l'Uncites.

L'appréciation de M. Murchison me paraît renfermer la classifica-

(1) *Bull. Soc. Geol.*, t. VII, p. 88.
(2) *Zeits. der Deutch. Geol. Geselle*, 2e série, t. VII, p. 386.
(3) *Quart. Journ. Geol. Lond. Soc.*, t. IX, p. 18.

tion la plus naturelle du terrain dévonien qui se trouverait alors divisé comme il suit :

|  |  |
|---|---|
| Dévonien inférieur. . . | Poudingue et schistes gédiniens. |
|  | Grauwacke à *Leptœna Murchisoni*. |
|  | Poudingue de Burnot. |
|  | Schistes à calcéoles. |
| Dévonien moyen. . . . | Calcaire de Givet. |
| Dévonien supérieur . . | Schistes de Famenne (Couches à *T. cuboides*). |
|  | Psammites du Condros. |

L'idée d'établir plusieurs étages dans le terrain dévonien n'est pas neuve. Née en Belgique des travaux de Dumont, elle a été accueillie avec faveur en Allemagne. Il suffit de lire les travaux de MM. Rœmer et Sandberger pour s'assurer qu'ils ont multiplié les coupes peut-être outre mesure. Il n'en fut pas de même dans notre pays : la France, si favorisée pour l'étude des terrains secondaires et tertiaires, l'est beaucoup moins pour les terrains primaires. A part la frontière belge et une petite partie de la Bretagne, les terrains anciens ne renferment que peu de fossiles : nos paléontologistes ne trouvant pas de matériaux suffisants pour étudier ces anciens âges, ont pensé que les diverses coupes établies dans les terrains primaires, sous le nom de dévonien ou carbonifère, étaient des divisions du même ordre que les divers étages du terrain jurassique ou du terrain crétacé. C'était l'opinion de d'Orbigny. Il faisait du terrain dévonien un groupe de même nature que l'étage oxfordien ; il réunissait sous le nom de terrain paléozoïque, division du même ordre que le terrain jurassique tout l'ensemble des couches que M. Murchison avait déjà divisé en terrain silurien, dévonien, carbonifère et permien.

Les considérations que j'ai développées dans les pages précédentes montrent bien que ce qui doit être comparé dans les âges anciens à l'étage oxfordien, à l'étage bathonien et autres, fondées par d'Orbigny, ce ne sont pas les groupes désignés sous le nom de dévonien, de carbonifère, mais bien les subdivisions de ces groupes, telles que le calcaire de Givet, les schistes à calcéoles, le calcaire de Visé, le calcaire de Tournay, etc.

Sans doute, au point de vue paléontologique, les terrains siluriens, dévoniens, carbonifères, présentent une liaison beaucoup plus intime,

que les terrains jurassiques, crétacés, éocènes, etc. Mais ce fait ne
tient-il pas à des causes indépendantes des lois générales qui ont
présidé au changement des faunes? M. Hébert a montré il y a quelques mois (1) que les continents actuels avaient été complétement
émergés entre le terrain jurassique et le terrain crétacé, entre le
terrain crétacé et le terrain éocène. La sédimentation n'était pas interrompue pour cela. Où se faisait-elle? C'est ce que nous ne savons
pas. Mais supposons que l'on vienne à découvrir un des endroits où
il se produisait encore des dépôts marins à l'époque où les couches
de Purbeck et du Weald se formaient dans des lacs continentaux.
Qui nous dit que nous ne trouverions pas une liaison aussi intime
entre les terrains jurassiques et crétacés que celle que le calcaire
d'Étrœungt nous offre entre le dévonien et le carbonifère?

Certainement, outre ces couches de contact, on voit quelques fossiles qui se perpétuent à travers deux ou trois des terrains primaires.
On peut citer la *Terebratula reticularis*, la *Leptœna depressa*, l'*Orthis striatula* et d'autres. Mais quel est le paléontologue qui puisse
distinguer autrement que par le gisement la *Terebratula diphyoides*
et le *Terebratula diphya?* Je pourrais citer telle petite ammonite de
l'oxford-clay de la Voulte, qui ne présente aucune différence avec
d'autres ammonites néocomiennes ; telle petite huître, qui s'étend
depuis la base de la craie jusque dans les sables de Bracheux.

Néanmoins, pour que la valeur des étages et par conséquent celle
des terrains soient établies sans conteste, il faudrait montrer que ces
divisions se conservent avec leurs caractères, partout où on retrouve
des dépôts de même âge ; ce travail est bien loin d'être fait, mais
n'oublions pas que la science des terrains primaires ne date que
d'hier. Il y a un peu plus de vingt ans, toutes ces couches étaient
confondues sous le nom de terrain de transition. C'est à peine si les
nécessités industrielles avaient fait distinguer la houille et le calcaire
qui l'accompagne. Cependant, si l'on ne peut aujourd'hui établir
dans tous ces massifs primaires des étages concordants avec ceux
qui ont été reconnus en Belgique, on peut du moins indiquer quelque
parallélisme dans les contrées qui ont été le mieux étudiées.

(1) *Bull. de la Soc. géol,,* 2e série, t, XVI, 1859, p. 604.

Commençons d'abord par suivre les monts Hercyniens : dans l'Eifel on trouve très développé l'étage des schistes à calcéoles, dont les fossiles si bien conservés font l'ornement des collections. Le calcaire de Givet ou calcaire à strigocéphales y est moins net parce qu'il a été en grande partie transformé en dolomie; mais il existe cependant. Les couches à *Terebratula cuboides* y sont représentées par les schistes de Büdesheim et par les calcaires qui les accompagnent. Les schistes de Famenne ni aucun des étages plus élevés n'y ont encore été signalés.

Dans la Westphalie, des schistes de la Lenne sont les représentants exacts des schistes à calcéoles. Le calcaire de Paffrath est identique avec celui de Givet. Les différentes couches réunies sous le nom de schistes à cypridines, sont l'équivalent du calcaire à *Terebratula cuboides*. Les schistes de Famenne et les psammites du Condros ne paraissent pas s'y trouver. Quant au terrain carbonifère, il est représenté dans tout le nord de l'Allemagne par un ensemble de couches schisteuses et siliceuses caractérisées par la *Possidonomya Becheri*, mais on ne peut établir d'une manière un peu certaine à quel étage on doit le rapporter.

Dans le Harz, les équivalents des schistes à calcéoles et du calcaire à strigocéphales ont été constatés. On trouve à Grund tous les fossiles que j'ai indiqués dans les couches à *T. cuboides* et dans les schistes de Famenne. Je ne parle pas des analogies que l'on peut trouver entre la grauwacke de l'Allemagne et celle de l'Ardenne, parce que l'ordre même de ces couches en Allemagne est encore un sujet de discussion entre les géologues les plus éminents.

Si l'on passe à l'Angleterre, on trouve dans presque tout ce pays une grande masse de grès, l'Old-red-sandstone, qui, d'après M. Murchison, comprend tout l'ensemble du terrain dévonien de la Belgique, mais qui pour M. Scharpe ne représenterait que les assises inférieures jusqu'aux schistes à calcéoles exclusivement. On n'y a encore trouvé que des poissons; aussi n'y a-t-il pas de point de comparaison certaine avec les couches de l'Ardenne où les fossiles de cette classe sont très rares.

Dans le Devonshire, le terrain dévonien est représenté par des couches fossilifères, mais l'ordre de la superposition y est très peu clair. Quoi qu'il en soit, on peut y établir avec certitude des points de comparaison avec le terrain de la Belgique. Ainsi, le calcaire de Barnstaple et de Pilton me semble correspondre probablement au calcaire d'Étrœungt et les grès de Marwood avec *Cucullea Hardingii* qui leur sont inférieurs, représentent les psammites du Condros où j'ai trouvé le même fossile. Le calcaire de Petherwin est, de l'aveu de tous les géologues, le même que le calcaire à *T. cuboïdes*, le calcaire de Plymouth est le calcaire de Givet. Je n'oserai aller plus loin dans cette comparaison. Le calcaire de Plymouth lui-même renferme, si on en juge par la liste donnée dans le *Siluria*, la faune des schistes à calcéoles mélangée à celle du calcaire de Givet. Mais n'oublions pas que les schistes à calcéoles nous ont offert dans l'Ardenne des lentilles de calcaire et qu'il pourrait très bien se faire qu'une lentille du même genre se trouvât dans le Devonshire, à la partie supérieure de l'étage, et se confondît avec la grande masse de calcaire à strigocéphales. Ce n'est là qu'une hypothèse ; on me la pardonnera si on se rappelle qu'à Visé le calcaire dévonien a été longtemps confondu par les paléontologistes les plus habiles avec le calcaire carbonifère.

J'ai peu de choses à dire sur la France pour les raisons que j'ai exposées plus haut. Tout le terrain dévonien de la Bretagne avait toujours été confondu en une seule masse. L'année dernière, M. Bureau (1) y découvrait, dans les environs d'Ancenis, l'étage à *Leptæna Murchisoni*, l'étage à *Strigocephalus Burtini* et l'étage à *Terebratula cuboïdes*. Ces travaux, qu'il poursuit avec la plus grande activité, parviendront peut-être à compléter la série.

Je ne puis terminer ce travail sans dire un mot des mouvements que le plateau antraxifère de la Belgique a éprouvés pendant et depuis l'époque primaire.

Le plus ancien dépôt que l'on voit dans ce pays est le silurien moyen. Pendant que le silurien supérieur se formait dans d'autres contrées, l'Ardenne éprouvait des plissements nombreux dans une direction est-ouest. Ces plissements, par la compression qu'ils déterminaient, donnaient à certains schistes les caractères de l'ardoise (2).

(1) *Bull. de la Soc. géol.*, 2ᵉ série, t. XVI, p. 762, 4 juillet 1859.
(2) Expérience de M. Tyndall.

Ils étaient accompagnés et suivis de l'injection de nombreux filons de quartz qui transformaient d'autres schistes en quarzites (1).

La mer vint recouvrir de nouveau ces contrées au commencement de l'époque dévonienne. Elle y déposa l'étage gédinien et l'étage coblentzien. Il se produisit alors au milieu du bassin une protubérance longitudinale ayant une direction générale un peu courbe de l'O. à l'E.-N.-E. Tout ce qui était au N. de ce pli ne tarda pas à être abandonné par les eaux, tandis que la sédimentation se poursuivait d'une manière régulière au S. et y formait les grès noirs ahriens, ainsi que les roches rouges qui les surmontent. Mais la protubérance centrale s'élevait de plus en plus et avec elle toute la côte environnante. A une certaine époque et pour une cause dont on ne se rend pas bien compte, des galets énormes s'amoncelèrent sur cette côte et y donnèrent naissance au poudingue de Burnot. A la fin de cette époque, il se produisit un nouvel exhaussement auquel participèrent non-seulement tout ce qui avoisinait la protubérance centrale, mais encore toute la partie N.-O. du bassin. C'est alors que se déposa l'étage des schistes à calcéoles. Pendant tout ce temps, le sol continua d'une manière lente et progressive son mouvement d'exhaussement ; les sédiments qui jusque-là avaient été arénacés ou argileux devinrent de plus en plus calcaires ; enfin le calcaire prédomina complétement et le calcaire de Givet commença à se former. Mais alors le sol avait pris un mouvement en sens contraire ; il s'abaissait, et au milieu de la période du calcaire de Givet, lorsque les *Murchisonia* et les strigocéphales pullulaient dans tout le bassin, les eaux avaient recouvert tout ce qui s'était soulevé récemment, et même la protubérance centrale. Elles ne l'avaient pas beaucoup dépassé au nord, et elles étaient restées bien en deçà de leur ancien rivage à l'époque gédinienne. Cette extension de la mer ne fut pas de longue durée, l'étage du calcaire de Givet n'avait pas fini de se former, que déjà elle avait repris à peu près les limites qu'elle avait eues à l'époque des schistes à calcéoles.

C'est alors que se déposèrent les couches à *T. cuboides*. Le sol, toujours très mobile, avait recommencé son mouvement ascensionnel,

(1) Opinion professée par M. Hébert dans ses cours à la Sorbonne.

G.                                                                              10

qui se continua pendant tout le dépôt de ces couches et des schistes de Famenne. A la fin de cette période, la mer occupait la même position qu'au milieu de l'époque du calcaire de Givet ; il se passa alors un fait remarquable. Le littoral sud ou ardennais qui jusqu'alors était resté fixe, pendant que des mouvements si nombreux s'effectuaient vers le nord, s'éleva sur une largeur d'environ 10 kilomètres pour ne plus jamais rentrer sous les eaux. Celles-ci envahirent des parties plus au nord et se répandirent sur une partie du Brabant.

Le sol de cette contrée ne se trouvait plus dans la position où l'avait laissé le retrait de la mer coblentzienne. Il avait éprouvé des plissements analogues à ceux de l'Ardenne, avait été coupé par des roches porphyriques, et présentait, pour former le fond de la nouvelle mer, les tranches de ces couches fortement inclinées. Cette dislocation s'était opérée à une époque placée entre le dépôt de l'étage coblentzien, et celui du calcaire de Givet, mais que l'on ne peut classer d'une manière plus précise, dans l'état actuel de la science. S'il venait à être démontré que les couches du Brabant que j'ai mises avec doute dans l'étage coblentzien, et dans l'étage gédinien, sont au contraire siluriennes, la date de cette dislocation devrait être remontée et placée à la même époque que celle de l'Ardenne.

Vers la fin du dépôt des psammites du Condros, il se produisit vers les deux tiers sud-ouest du bassin une protubérance transversale très arrondie et dirigée presque perpendiculairement à la première, lorsque le calcaire carbonifère commença à se déposer ; cette protubérance était exondée et divisait le bassin antraxifère en deux bassins secondaires communiquant par le nord, car cette nouvelle colline ne dépassait pas dans cette direction la protubérance longitudinale primitive, et celle-ci, dans une grande partie au moins de son étendue, était couverte par les eaux.

Les limites du calcaire de Tournay et du calcaire de Visé diffèrent peu de celles des psammites du Condros; le bassin où se sont déposés les schistes et grès houillers présentait aussi à peu près la même surface, cependant il paraissait s'étendre un peu moins vers le sud. En revanche, vers le N.-E. il occupait des points où il ne s'était plus opéré aucune sédimentation depuis la formation du calcaire de Givet, et le bassin anthraxifère d'Aix-la-Chapelle communiquait de ce côté avec celui de la Belgique. Les couches qui renferment la houille n'avaient pas la même origine que les roches plus anciennes; celles-ci s'étaient toutes formées au sein des mers par le dépôt des matières qui provenaient de la désagrégation des roches encaissantes. Cependant le calcaire carbonifère supérieur était dû en grande partie à des sources. L'étage houiller s'est produit dans des marécages, et si la mer a concouru d'une manière directe à sa formation, elle n'y a laissé en Belgique du moins aucun dépôt organique qui atteste son intervention.

Après son dépôt, tout le bassin anthraxifère de la Belgique a été définitivement abandonné par les eaux. C'est alors que se sont produits ces nombreux plissements du Condros et du Hainaut. C'est alors qu'à l'endroit où s'était formée la protubérance longitudinale, en ce point, qui avait servi en quelque sorte de charnière à tous les mouvements du sol pendant l'époque dévonienne, il se fit une grande faille dans la même direction que la protubérance primitive. A partir de cette époque, le sol du plateau anthraxifère resta fixe, ou s'il a exécuté des mouvements, ce furent des mouvements d'ensemble qui ont été indiqués dans le mémoire de M. Hébert, intitulé : *Les mers anciennes et leurs rivages*. C'est à ce travail que j'ai emprunté l'ordre d'idées que je viens de développer ; mais je dois faire remarquer qu'il y a une différence considérable entre les phénomènes qui se sont passés dans le bassin de Paris pendant la période secondaire et ceux dont je viens de retracer l'histoire. Dans le bassin anthraxifère, je n'ai pas encore pu constater, sur la surface d'un étage, ces exemples de dénudation, de percement de roches par les mollusques lithophages qui indiquent un temps d'arrêt complet dans la sédimentation, au contraire, tout y est lié ; chaque étage passe insensiblement au suivant, et la fixation de leur limite exacte reste toujours un problème d'une grande difficulté.

TABLEAU A. — *Fossiles trouvés dans les terrains rhénan et Dumont et dans le poudingue de Burnot.*

| NOMS DES ESPÈCES. | LOCALITÉS (1). | AUTEURS QUI ONT SERVI A LA DÉTERMINATION. |
|---|---|---|
| **TERRAIN SILURIEN MOYEN.** | | |
| Trimulus ornatus? . | Gembloux . . . . . . | Barr., *Syst. silurien, Bohême.* pl. 29, fig. 1 à 8. |
| Calymene incerta? . | Id. . . . . . . . . . | Id., pl. 19, fig. 30 et 36. |
| Leptæna depressa. . | Id. . . . . . . . . | Schnur, *Brachiopodes de l'Eifel,* pl. 24, fig. 3. |
| **TERRAIN DÉVONIEN.** | | |
| **ÉTAGE GÉDINIEN.** | | |
| Dalmanites. . . . . | Mondrepuits. . . . . | |
| Homalonotus . . . . | Id. . . . . . . . . | |
| Grammysia Hamilto-nensis. . . . . . | Id. . . . . . . . . Id. . . . . . . . . | D'après M. Hébert, *Bull. Soc.,* |
| Spirifer micropterus. | Id. . . . . . . . . | *géol.* 2ᵉ série, t. XII, p. 1170. |
| Chonetes sarimulata. | Id. . . . . . . . . | |
| Cælaster constellata. | Id. . . . . . . . . | |
| Tentaculites. . . . . | Id. . . . . . . . . | |
| **ÉTAGE DE LA GRAUWACKE MURCHISONI.** | | |
| Avicula lamellosa . . | Anor . . . . . . . | Sow. *Trans. Geol. Soc. Lond.* t. VI, pl. 38, fig. 1. |
| T. Daleidensis. . . . | Couvin . . . . . . | Schnur., *loc. cit.*, pl. 4, fig. 1. |
| Terebratula undata. . | Anor . . . . . . . | De Vern. et Barr. *Bull. Soc. géol.,* 2ᵉ série, t. XII, pl. 29, fig. 7 |
| Spirifer macropterus (Paradoxus) . . . . | Id. . . . . . . . . | Schnur, *loc. cit.*, pl. 12, fig. 1. |
| Leptæna Murchisoni. | Couvin . . . . . . | Id , *loc. cit.*, pl. 20, fig. 5. |
| L. depressa. . . . . | Masbourg. . . . . | Id , *loc. cit.*, pl. 24, fig. 3. |
| Chonetes plebeia . . | Anor, Masbourg. . . | Id., *loc. cit.*, pl. 21, fig. 6. |
| Pleurodyctum proble-maticum. . . . . . | Anor, Couvin . . . . | Goldf. , *Petref. Germ.* pl. 38 , fig. 18. |

(1) Dans ce tableau et dans les suivants, on n'a pas indiqué de localités pour les espèces très communes.

| NOMS DES ESPÈCES. | LOCALITÉS. | AUTEURS QUI ONT SERVI À LA DÉTERMINATION. |
|---|---|---|
| ÉTAGE DU POUDINGUE DE BURNOT, ASSISE INFÉRIEURE (ABRIEN DUMONT). | | |
| Homalonotus . . . . | Hierges. | |
| Terebratula Oliveni. | Id . . . . . . . . | d'Arch. et de Vern., *Bull. Soc. géol.*, 2ᵉ série, t. II, pl. 14, fig. 10. |
| T. sub Wilsoni . . . | Id . . . · . . . . | D'Orb., *Prodrom.*, t. I, p. 92. |
| Chonetes sarcinulata. | Id . . . . . . . . | Schnur, *loc. cit*, pl. 21, fig. 5. |
| Ch. plebeia . . . . | Id . . . . . . . . | |
| ÉTAGE DU POUDINGUE DE BURNOT, ASSISE SUPÉRIEURE. | | |
| Dolabra Hardingii. . | Bois d'Angre . . . . | |
| Avicula fasbiculata.. | Id . . . . . . . . | |
| Spirifer *voisin du* Bouchardi. . . . . | Id . . . . . . . . | D'après M. Hébert, *Bull. Soc. géol.*, 2ᵉ sér., t. XII, p. 1182. |
| Productus Murchisonianus . . . . . | Id . . . . . . . . | |

TABLEAU B. — *Principaux fossiles de l'étage des schistes à calcéoles.*

| NOMS DES ESPÈCES. | LOCALITÉS. | AUTEURS QUI ONT SERVI A LA DÉTERMINATION. |
|---|---|---|
| ASSISE INFÉRIEURE. | | |
| Terebratula reticularis. | | |
| T. Orbignyana. . . | La Forgette, près Flohimont, Hampteau . | Schnur, *loc. cit.*, pl. 5, fig. 2. |
| Spirifer cultrijugatus | . . . . . . . . . . | Schnur, *loc. cit.*, pl. 12. fig. 1. |
| Sp. micropterus. . . | La Forgette, Pesch. . | Sow., *Trans. Geol. Soc. Lond.* t. VI, pl. 38, fig. 6. |
| Sp. carinatus. . . . | Hampteau. . . . . . | Schnur, *loc. cit.*, pl. 12, fig. 2. |
| Orthis striatula. . . | . . . . . . . . . . | Id., *loc. cit.*, pl. 17. fig. 1. |
| O. umbraculum. . . | Lesterny. . . . . . | Id., *loc. cit.*, pl. 17. fig. 2. |
| Leptæna depressa. . | | |
| Chonetes dilatata . . | Pesch. . . . . . . . | Id., *loc. cit.*, pl. 22, f. 1. |
| Ch. plebeia. . . . . | Lesterny, Pech . . . | |
| Tentaculites. . . . . | La Forgette. . . . . | |
| ASSISE SUPÉRIEURE. | | |
| Phacops latifrons . . | Couvin . . . . . . . | Burn. *Trilob.*, pl. 2, fig. 4-6. |
| Dalmanites stellifer . | Wanlin. . . . . . . | De Vern. et Barr., *Bull. Soc géol.*, 2ᵉ s., t. XII, pl. 28, fig. 3. |
| T. reticularis. | | |
| T. concentrica. . . . | . . . . . . . . . . | Schnur, *loc. cit.*, pl. 14. |
| T. prunulum . . . . | Salles, Aubrives . . . | Id., *loc. cit.*, pl. 6, fig. 1. |
| T. primipilaris. . . . | . . . . . . . . . . | Id., *loc. cit.*, pl. 5, fig. 3. |
| Pentamerus galeatus. | . . . . . . . . . . | Id., *loc. cit.*, pl. 8, fig. 2. |
| Spirifer speciosus . . | . . . . . . . . . . | Id., *loc. cit.*, pl. 10, fig. 2. |
| Sp. ostiolatus. . . . | Couvin, Dailly. . . . | Id., *loc. cit.*, pl. 17. fig. 3. |
| Sp. squamosus . . . | Flohimont, Wanlin. . | Rœm., *Beitr.*, pl. 2, fig. 8. |
| Sp. curvatus . . . . | . . . . . . . . . . | Schnur, *loc. cit*, pl. 15, fig. 3. |
| Orthis striatula. | | |
| O. umbraculum. . . | Couvin, Dailly . . . | |
| Leptæna interstrialis | . . . . . . . . . . | Id., *loc. cit.*, pl. 20, fig. 2. |
| L. lepis . . . . . | Couvin . . . . . . . | Id., *loc. cit.*, pl. 28, fig. 5. |
| L. Naranjana. . . | Couvin, Dailly, Forières . . . . . . . | Id., *loc. cit.*, pl. 20, fig. 6. |
| L. depressa. . . . . | Wanlin, Forières, Jemelle . . . . . . | Id., *loc. cit.*, pl. 22, fig. 3. |
| Chonetes minuta. . . | Dailly, Flohimont . . | Id., *loc. cit.*, pl. 22, fig. 4. |
| Prod. subaculeatus. | | |
| Calceola sandalina. . | . . . . . . . . . . | Id., *loc. cit.*, pl. 20, fig. 1. |

TABLEAU C. — *Principaux fossiles de l'étage du calcaire de Givet.*

| NOMS DES ESPÈCES. | BASSIN MÉRIDIONAL. | | | AUTEURS QUI ONT SERVI A LA DÉTERMINATION. |
|---|---|---|---|---|
| | Bord sud. | Bord est. | Bord nord. | |
| Phacops latifrons . . . . . . | * | . . . | . . . | Collect. de Vern. |
| Orthoceras nodulosus. . . . | * | . . . | . . . | Id. |
| Gomphoceras inflatum . . . | * | . . . | . . . | |
| Bellerophon tuberculatus. . | * | . . . | * | A.V. *Tr.Geol.S.Lond.*,t.VI,pl.28,fig.9. |
| Macrcheilus arculatus . . . | * | . . . | * | Goldf., *Petref.*, pl. 172, fig. 15. |
| Eomphalus rotula. ' . . . . | * | . . . | * | Id., pl. 189, fig. 2. |
| E. Walembergi. . . . . . . | . . . | . . . | * | Id., pl. 189, fig. 7. |
| Rotula heliciformis . . . . . | * | . . . | * | Id., pl. 195, fig. 7. |
| Murchisonia coronata, . . . | * | . . . | * | Arch. Vern, *loc. cit.*, pl. 32, fig. 3. |
| Lucina provia. . . . . . . . | * | . . . | * | Goldf., *loc. cit.*, pl. 146, fig. 6 ; d'Arch. et de Vern., *loc. cit.*, pl. 37, fig. 1. |
| L. antiqua . . . . . . . . . | . . . | . . . | * | Collect. de Vern., |
| Cardium aliforme. . . . . . | * | . . . | * | Arch. Vern , *loc. cit.*, pl. 36, fig. 7. |
| Megalodon cucullatus. . . . | * | . . . | * | Goldf., *loc. cit.*, pl. 132, fig. 8. |
| Terebratula reticularis . . . | * | . . . | * | |
| T. concentrica . . . . . . . | * | * | * | |
| Strigocephalus Burtini . . . | * | . . . | * | Schnur, *loc. cit.*, pl. 5, fig. 5. |
| Uncites gryphus . . . . . . | * | . . . | . . . | Defrance, *Dict. sc. nat.*, 55, pl. 7. |
| Pentamerus formosus (aculo-lobatus) | * | . . . | . . . | Schnur, *loc. cit.*, pl. 9, fig. 2. |
| Spirifer aperturatus. . . . . | * | . . . | * | Id., *loc. cit.*, pl. 13, fig. 15. |
| Sp. subcuspidatus . . . . . . | * | * | ? | Id., *loc. cit* , pl. 13, fig. 1. |
| Sp. undiferus. . . . . . . . | ? | . . . | * | Id., pl. 13, fig. 3. |
| Orthis striatula . . . . . . . | . . . | . . . | * | |
| Productus subaculeatus . . . | * | * | * | |
| Cyathophyllum hexagonum . | * | . . . | . . . | Goldf., *Petref.*, pl. 19, fig. 51. |
| C. quadrigeminum. . . . . . | * | . . . | * | Id., pl. 19, fig. 1, pl. 18, fig. 6. |

TABLEAU D. — *Principaux fossiles des couches à* Terebratula cuboïdes *et des schistes de Famenne* (1).

| NOMS DES ESPÈCES. | Couches à T. cuboïdes. | Schistes à C. palmatum. | Schistes de Famenne. | AUTEURS QUI ONT SERVI A LA DÉTERMINATION. |
|---|---|---|---|---|
| Bronteus flabellifer. . . . . | * | . . . | . . . | Rœmer, *Harzgeb.*, pl. 11, fig. 1. |
| * Goniatites retrorsus. . . . | * | * | | |
| Cardium palmatum. . . . . | . . . | * | | Goldf., *Petref.*, pl. 143, fig. 7. |
| * Terebratula reticularis . . . | * | . . . | * | |
| * T. concentrica. . . . . . . | * | . . . | * | |
| T. elongata. . . . . . . . . | * | . . . | . . . | Rœmer, *loc. cit.*, pl. 5, fig. 18, 19, 20. |
| T. cuboïdes. . . . . . . . . | * | . . . | . . . | Id., pl. 5. fig. 2. |
| T. id., variété A . . . . . . | . . . | . . . | * | Id., *loc. cit.*, pl. 5, fig. 7. |
| * T. semilœvis. . . . . . . . | * | . . . | * | Id., *loc. cit.*, pl. 5, fig. 6. |
| T. Walhembergi. . . . . . | * | . . . | * | Id., *loc. cit.*. pl. 17, fig. 5 (2). |
| * T. Pugnus. . . . . . . . . | * | . . . | * | Id., *loc. cit.*, pl. 5, fig. 1 à 5. |
| Pentamerus galeatus. . . . | * | | | |
| * Spirifer Verneuili. . . . . | * | . . . | * | Murch., *Bull. Soc. géol.*, 1re série, t. XI, pl. 2, fig. 3. |
| * Sp. Archiaci . . . . . . . . | * | . . . | * | Id., pl. 2. fig. 4. |
| Sp. tenticulum. . . . . . . | * | . . . | * | DeVern. *Géol.Russ.*, t. II, pl. 5, fig. 7. |
| * Sp. disjunctus. . . . . . . | * | . . . | * | Id. t. II. |
| * Sp. Trigeri ? . . . . . . . | * | . . . | . . . | Collect. de Vern. |
| Sp. conoideus . . . . . . . | * | . . . | . . . | Rœm., *loc. cit.*, pl. 4, fig. 13. |
| * Sp. euryglossus . . . . . . | * | . . . | * | Schnur, *loc. cit.*, pl. 15, fig. 5. |
| Sp. lœvigatus . . . . . . . | * | | | |
| * Sp. nudus . . . . . . . . . | * | . . . | * | Schnur, *loc. cit.*, pl. 15, fig. 2. |
| * Orthis striatula . . . . . . | * | . . . | * | |
| O. Dumontiana . . . . . . . | * | . . . | * | De Vern., *Bull. Soc.. géol* , 2e série, t. VII, pl. 4, fig. 7. |
| * Productus subaculeatus . . | * | . . . | * | |

(1) Les fossiles communs à deux étages sont marqués d'un astérique.
(2) Les échantillons que j'ai désignés sous ce nom présentent quelques différences avec la figure donnée par M. Rœmer et devait peut-être former une espèce distincte.

TABLEAU E. — *Principaux fossiles de l'étage des psammites du Condros.*

| NOMS DES ESPÈCES. | Psammites. | Schistes et calcaire d'Étrœungt. | Bande de Rhisnes. | Boulonnais. | AUTEURS QUI ONT SERVI A LA DÉTERMINATION. |
|---|---|---|---|---|---|
| Phacops latifrons.... | | * | | | |
| Cucullæa Hardingii.. | * | | | * | Sow.,*Tr.G.S.Lond.*,V. pl.53,fig.26-27. |
| T. reticularis..... | | * | * | * | |
| T. concentrica..... | * | * | * | * | |
| T. hastata....... | | * | | | Davids.,*Brit.carb.brach.*pl.1,fig.1-2. |
| T. Boloniensis.... | * | * | * | * | D'Orb., *Prod*, t. I, p. 72. |
| T. Pugnus....... | * | | | | |
| Spirifer Verueuili... | * | * | * | * | |
| Sp. Archiaci..... | * | | | * | |
| Sp. *voisin du* distans. | | * | | | Davids., *loc. cit.*, pl. 8, fig. 4-17. |
| Sp. Hystericus?.... | | * | | | Kon., *Foss. carb. Belg.* pl. 15, fig. 3. |
| Sp. Bouchardi.... | | | * | * | Murch., *Bull. s. g.*,1re s.,XI,pl.1,fig.5. |
| Orthis Eifeliensis... | * | * | * | | |
| O. crenistria..... | | | | * | Phill., *Geol. of Yorck*, t. II, pl. 9,fig. 6. |
| O. arachnoidea.... | | * | | | Id., pl. 11, fig. 4. |
| O. striatula...... | * | | * | * | |
| Leptæna depressa... | * | | | | |
| Prod. subaculeatus.. | * | * | * | * | |
| P. scabriculus..... | * | | | | DeKon.,*Mon. du g.Prod.*,pl. 11,fig.6. |

TABLEAU F. — *Principaux fossiles du calcaire carbonifère du Hainaut du Condros.*

| NOMS DES ESPÈCES. | ESPÈCES qui se trouvent aussi | | | AUTEURS QUI ONT SERVI A LA DÉTERMINATION. |
|---|---|---|---|---|
| | Dans le Boulonnais | A Visé. | A Tournai. | |
| **ÉTAGE CALCAIRE DE TOURNAI.** | | | | |
| 1o ASSISE A PRODUCTUS HEBERTI. | | | | |
| Phillipsia gemmulifera.... | | * | * | De Kon.,*Foss. c. Belg.*, pl.53, fig. 3. |
| Eomphalus æqualis..... | | * | | Id., pl. 25, fig. 2. |
| Terebratula pentatoma.... | | * c. | | Id., pl. 19, fig. 2. |
| Spirifer Mosquensis..... | | | * t.c. | Davidson, *loc. cit.*, pl. 4, fig. 13 et 14. |
| Chonetes variolaria..... | | | * | De Kon.,*Monog. du g.Ch.*,pl.19,fig.5. |
| Prod. semireticulatus, *var.*. | | | | Hébert, *loc. cit.*, pag. 79. |
| P. Heberti......... | | | * t. r. | V. *Bull. Soc. g.*, 2e sér. t. XII, pl. 1180. |
| 2o ASSISE A SP. MOQUENSIS ET PRODUCTUS SEMI-RETICULATUS | | | | |
| Phillipsia gemmulifera.... | | * | | |
| Terebratula Royssi...... | | | * c. | Lev., *Mém.S. g.*, t. II, pl.11,fig.18 à 20. |
| T. Pentatoma........ | | * c. | * r. | |
| Spirifer Mosquensis...... | | | * t.ab | |
| Orthis striatula....... | | * c. | | |
| O. umbraculum....... | | | * c. | |
| O. Michelini........ | | * t. r. | * t.ab | De Kon., *Foss. c.Belg.*, pl. 13, fig. 8. |
| Leptæna depressa...... | | * | * | |
| Productus semireticulatus. | * | * | * | De Kon., *Monog. du genre Prod.*, pl. 8, fig. 1 ; pl. 9, fig. 1 ; pl. 10, fig. 1. |
| **ÉTAGE DU CALCAIRE DE VISÉ.** | | | | |
| Pleurotomaria acuta..... | | * | | De Kon., *Foss. c. Belg.*,pl. 34, fig. 6. |
| Terebratula sacculus..... | | * c. | | Davids., *loc. cit.*, pl. 1, fig. 23-30. |
| T. Pugnus......... | | * c. | * t. r. | |
| Spirifer lineatus....... | * | * c. | | Davids, *loc. cit.*, pl. 13, fig. 1-13. |
| Sp. glaber......... | * | * c. | | Id., *loc. cit.*, pl. 9, fig. 1-9. |
| Sp. duplicicosta....... | | * | | Id., *loc. cit.*, pl. 3, fig. 7. |
| Sp. striatus........ | | * | | Id., *loc. cit*, pl. 2, fig. 12-21. |
| Productus undatus..... | * | * | | De Kon.,*Mong. du g. Pr.*, pl.5. fig. 3. |
| P. semireticulatus...... | * | * | * t.ab | |
| P. sublævis........ | | * | | Id., pl. 7, fig. 1. |
| P. Cora.......... | * | * | | Id., pl. 4, fig. 1 et pl. 5, fig. 2. |
| P. giganteus, *var.*..... | | * c. | | Id., pl.1,fig.1,pl.2.fig.1,pl.3,fig.1. |
| . atissimus....... | | * r. | | Id., pl. 2, fig. 2, pl. 3, fig. 2, |

# EXPLICATION DES PLANCHES

Fig. 1. Essai d'une carte du plateau antraxifère indiquant les limites probables des différen's étages avant leur plissement.

Nota. — Les limites des schistes de Famenne ne sont pas indiquées parce qu'elles se confondent presque avec celles du calcaire de Givet.

Fig. 2. Carte indiquant la limite nord du bassin houiller et des étages immédiatement inférieurs, avec leur prolongement dans le Boulonnais.

Fig. 3. Carte géologique des terrains primaires à Étrœungt.

Fig. 4. Carte montrant la direction des diverses couches des terrains primaires du Boulonnais.

Nota. — Pour la partie dévonienne, cette carte est copiée sur celle donnée par M. Delanoue, *Bull. Soc. Géol.* 2ᵉ série, t. IX, pl. II.

Fig. 5. Coupe théorique du plateau antraxifère de la Belgique divisée en deux bassins.

  1. Terrain silurien.
  2. Étage gédinien,
  3. Grauwacke à *Leptœna Murchisoni.*
  4. Étage du poudingue de Burnot.
  5. Étage des schistes à calcéoles.
  6. Étage du calcaire de Givet.
  7. Étage des schistes de Famenne (7' couches à *T. cuboides*).
  8. Étage des psammites du Condros.
  9. Étage du calcaire de Tournay.
10. Étage du calcaire de Visé.
11. Étage houiller.

Fig. 6. Coupe de la vallée du Hoyoux entre Huy et Modave. Échelle 1/80,000.

  1. Schistes et grès schistoïdes verdâtres inclinés, S. 15° E = 65°, coblentzien (Dumont).
  2. Schistes et quarzites gris avec petite couche de schistes lie de vin.
  3. Grès siliceux verdâtres avec schistes rouges intercalés.
  4. Schistes verdâtres,
  5. Grès rouge et poudingue siliceux.

6. Schistes rouges.

7. Grès et poudingue.

8. Poudingue blanchâtre à éléments très gros.

9. Poudingue blanchâtre à éléments moyens.

10. Calcaire de Givet.

11. Schistes argileux finement feuilletés (schistes de Famenne).

12. Grès et psammites (psammites du Condros).

13. Calcaire carbonifère inférieur.

14. Dolomie.

15. Calcaire carbonifère supérieur, compacte.

16. Schistes houillers.

Fig. 7. Coupe des terrains primaires dans la vallée de l'Ourthe entre Angleur et Hamoir. Échelle 1/60,000.

1. Grès rouges et verts, siliceux, à gros grains.

1'. Schistes et grès rouges contournés.

1''. Grès rouges et poudingue à gros éléments.

1'''. Poudingue pisaire et schistes rouges.

1''''. Grès rouges très siliceux et poudingue.

2. Calcaire de Givet.

3. Schistes et calcaire à *T. cuboides*.

4. Schistes feuilletés verdâtres (schistes de Famenne).

5. Psammites et grès siliceux (psammites du Condros).

5'. Schistes gris et rouges.

6. Calcaire carbonifère inférieur.

7. Calcaire carbonifère supérieur.

7' Calcaire carbonifère pénétré de filons métalliques.

8. Schistes noirs houillers.

Fig. 8. Coupe des terrains primaires du Brabant, dans la vallée de la Senne occidentale entre Hall et Saignies. Échelle 1/200,000.

1. Quarzites.

2. Schistes aimantifères ardoisiers, inclinaison N. $43°$ E $= 82°$.

3. Porphyre de Quénast.

4. Schistes compactes verdâtres.

5. Schistes noirs subluisants.

6. Schistes argileux, grisâtres, pyritifères.

7. Schistes ardoisiers, inclinaison N. $25°$ E $= 30°$.

8. Schistes porphyriques.

9. Schistes tendres, à plusieurs plans de divisions.

10. Dévonien supérieur, inclinaison S. $10°$ E $= 25°$.

11. Calcaire carbonifère inférieur, inclinaison S. $10°$ O $= 10°$.

Fig. 9. Coude des terrains primaires du Brabant, en suivant la vallée de la Senne orientale du pont de Clabecq près de Tubize à Ronquières. Échelle : 1/100,000.

1. Schistes aimantifères, Silurien.
2. Roche porphyrique stratifiée, inclinaison N. 65° E = 78°.
3. Schistes tendres gris et rouges, dévonien.
4. Ardoises . . . . . . . . . . . . . . . .
5. Schistes verdâtres . . . . . . . . . . . .
6. Schistes noirs subluisants. . . . . . . . . } Silurien.
7. Schistes argileux pyritifères. . . . . . . .
8. Schistes noirs subluisants. . . . . . . .
9. Schistes passant à l'ardoise. . . . . . . .
10. Schistes grisâtres très fissiles, silurien ?
11. Porphyre.
12. Quarzophyllade zonaire, dévonien.

Fig. 10. Coupe des terrains primaires du Brabant de Gembloux à Onoz. Échelle : 1/60,000.

1. Schistes ardoisiers.
2. Schistes fossilifères, inclinaison N. 23° O.
3. Schistes noirs ardoisiers.
4. Eurite à base d'orthose.
5. Schistes grisâtres ou bleuâtres très fissiles.
6. Quarzite, inclinaison S. 9° E = 70°.
7. Schistes fortement plissés passant à l'ardoise.
8. Schistes argileux, compactes, verdâtres.
9. Schistes passant à l'ardoise.
10. Étage dévonien supérieur.
11. Dolomie du calcaire carbonifère supérieur.
12. Calcaire compacte du même étage.
13. Schistes et grès houillers.

Fig. 11. Coupe du porphyre de la ferme Sainte-Catherine près de Rebecq-Rognon (Brabant), inclinaison N. 25° E = 30°.

1. Schistes pailletés, grisâtres.
2. Schistes bleuâtres passant à l'ardoise.
3. Schistes gris verdâtres moins fissiles.
4. Espèce d'arkose formée de grains de quartz, laissant entre eux de nombreuses cavités dues à la décomposition du feldspath.
5. Schistes modifiées (porphyre).
5'. Partie où la stratification a disparu

Fig. 12. Coupe du terrain dévonien de Couvin à Marienbourg.

1. Grauwacke à *Leptœna Murchisoni* (hunsdrückien).
2. Grès siliceux, verts sombres et noirs (ahrien), inclinaison N. 14° O.
3. Grès et schistes rouges (poudingue de Burnot).
4. Schistes arénacés noirs à *Sp. cultrijugatus*.
5 et 5′. Calcaire à *Calceola sandalina*. 5, inclinaison S. 30° E. = 63°, 5′, inclinaison N. 20° O. = 10°.
6. Schistes à *Calceola sandalina* et *Spirifer speciosus*.
7. Calcaire à *Strigocephalus Burtini*.
8. Schistes à *Sp. Verneuili* et *T. cuboides*, inclinaison N. 65° E.
9. Calcaire bleu foncé compacte.
9′. Calcaire gris bleuâtre cristallin.
9″. Calcaire bigarré.
10. Schistes à *Sp. euryglossus*.
11. Schistes à *Cardium palmatum*
12 et 12′. Schistes de Famenne.
*a*. Poche remplie de sable et de minerai de fer.

Fig. 13. Coupe de la Houille de Landrichamps, au bois de l'Abbaye (Ardennes). Échelle : 1/40,000.

1. Grès siliceux (taunusien).
2. Schistes noirs (hunsdrückien).
3. Grès siliceux noirs verdâtres avec veines de quarz.
3′. Grès siliceux noirs, alternant avec des schistes verdâtres.
4. Grès et schistes rouges.
5. Schistes à *Sp. cultrijugatus*.
5′. Calcaire rempli de *T. reticularis*.
5″. Schistes grossiers noirâtres.
6. Schistes à *Calceola Sandalina* et *Sp. speciosus*.
7. Calcaire à strigocéphales.
8. Schistes avec nodules calcaires.
9. Schistes verdâtres ou violacés, finement feuilletés.
10. Calcaire bigarré à *T. cuboides*.
11. Schistes à *T. cuboides*, variété A.
12. Schistes à *T. Walhenbergi*.

Fig. 14. Coupe des schistes à calcéoles, partie inférieure, à Pesch (Belgique).

1. Schistes et grès rouges.
2. Schistes verdâtres et grauwacke à *Sp. micropterus*.
3. Schistes et grès verdâtres.
4. Schistes avec quelques bancs calcaires avec *Sp. cultrijugatus*.

Fig. 15. Coupe des schistes à calcéoles au sud de Givet (Ardennes). Voir l'explication p. 50.

Fig. 16. Coupe des diverses carrières ouvertes dans le calcaire de Givet près de Rocquignies (Aisne). Voir l'explication, p. 55.

Fig. 17. Coupe des terrains primaires de Maubeuge et Charleroy en suivant le chemin de fer du Nord. Échelle : 1/200,000.

1. Étage de poudingue de Burnot.
2. Étage du calcaire de Givet.
3. Schistes verts feuilletés (schistes de Famenne).
4. Psammites du Condros.
5. Calcaire carbonifère inférieur.
6. Calcaire carbonifère supérieur.
7. Schistes houillers.

Fig. 18. Coupe d'une tranchée faite dans le poudingue de Burnot à la station d'Erquelines (Belgique). Voir l'explication, p. 60.

Fig. 19. Coupe du terrain dévonien dans la vallée de l'Honneau près de Taisnières-sur-Hon. Échelle : 1/40,000.

1. Calcaire de Givet.
2. Schistes avec bancs calcaires intercalés (dévonien supérieur ?).
3. Poudingue de Burnot.
4. Terrain tertiaire.

Fig. 20. Coupe du terrain dévonien dans la vallée de la Thure. Échelle : 1/80,000.

1. Calcaire de Givet.
2. Schistes de Famenne.
3. Psammites du Condros.

Fig. 21. Coupe du terrain dévonien sur la rive droite de la Sambre, en face de Landlies (Belgique). Voir pour les détails, p. 64.

Fig. 22. Coupe du terrain à Presles (Belgique). Voir pour les détails dévoniens, p. 65 et 66.

Fig. 23. Coupe du terrain dévonien à Saint-Léonhard près d'Huy (Belgique). Voir pour les détails, p. 66 et 67.

Fig. 24. Coupe du terrain dévonien de Givet à Heer en suivant la Meuse.

7. Calcaire de Givet.
12. Schistes à *T. Walhenbergi*.
10. Calcaire à *T. cuboides*.

Fig. 25. Coupe du terrain dévonien à l'est de Givet-Notre-Dame.

    7. Calcaire de Givet en bancs épais, inclinaison N. $= 43°$.

    7'. Calcaires en bancs minces et schistes avec *Sp. aperluralus*.

    8. Schistes avec bancs de calcaire argileux intercalés.

    8'. Schistes remplis de *Sp. Verneuili* et *Archiaci*.

  12. Schistes à *T. Walhenbergi*.

Fig. 26. Coupe théorique du massif calcaire de Philippeville.

    1. Schistes de Famenne.

    2. Calcaire rouge (grande carrière de Merlemont, carrière de Wedechine).

    3. Schistes intercalés entre le calcaire rouge et le calcaire bleu.

    4. Calcaire bleu (château de Santour).

    5. Calcaire rouge (carrière près de la scierie, au sud de Franchimont; carrière sur le chemin de Franchimont à Merlemont).

    6. Calcaire rouge non observé.

    7. Calcaire bleu affleurant sur la route au sud de Villers-le-Gambon, Neuville, Samart.

    8. Calcaire rouge (carrière au sud de Villers-le-Gamban).

    9. Calcaire rouge (carrière au sud de Vodecée).

  10. Calcaire bleu (carrière de Vodecée au nord de la route de Philippeville à Givet).

  11. Calcaire rouge non observé.

Fig. 27. Coupe du terrain dévonien aux environs de Wallers. Échelle : 1/80,000.

    1. Schistes avec nombreuses encrines.

    2. Calcaire, inclinaison N. $10°$ O. $= 45°$.

    3. Schistes avec *Calceola sandalina* et *Terebratula primipilaris*.

    4. Calcaire à strigocéphales, inclinaison N. $15°$ E. $= 25°$.

    5. Schistes argileux avec nodules calcaires et *T. cuboïdes*.

    6. Calcaire à *T. cuboïdes*.

    7. Schistes à polypiers et à encrines, inclinaison N. $10°$ O. $= 45°$.

    8. Schistes de Famenne.

  11. Couche fossilifère indiquée par M. Élie de Beaumont (expl. I, p. 743).

Fig. 28. Coupe du terrain dévonien et du calcaire carbonifère à la ferme Fanué, inclinaison générale S. $5°$ E. $= 12°$.

    1. Calcaire carbonifère dolomitique.

    2. Calcaire argileux alternant avec des schistes arénacés. .  15 mètres.

    3. Calcaire. . . . . . . . . . . . . . . . . . . . . 10   —

    4. Schistes argileux. . . . . . . . . . . . . . . . 20   —

    5. Calcaire bleu foncé à *Sp. Verneuili* . , . . . . . . . . 100   —

    a. Espace boisé.

Fig. 29. Coupe générale de l'étage des psammites du Condros sur [le bord nord du bassin septentrional, en prenant comme exemple la coupe d'Horrues à Soignies.

    C. Calcaire de Tournay.

    D. Étage des psammites du Condros (pour les détails voir p. 90 et 93).

    R. Dévonien inférieur (rhénan de Dumont).

Fig. 30. Coupe du terrain dévonien supérieur, dans la vallée du Mendigne au nord d'Huy. Échelle : 1/60,000.

    1. Schistes siluriens passant à l'ardoise.

    2. Calcaire dévonien supérieur. Pour les détails p. 92.

    3. Dolomie . . . . . . . . . . . . . . . ⎫

    4. Calcaire concrétionné . . . . . . . . . ⎬ Calcaire carbonifère supérieur.   —

    5. Calcaire compacte . . . . . . . . . . . ⎭

    6. Schistes et grès houillers.

Fig. 31. Coupe du calcaire carbonifère près d'Avesnes. Échelle : 1/12,000. Voir les détails p. 99 et 100.

Fig. 32. Coupe du calcaire carbonifère dans les fossés de la fortification d'Avesnes. Voir les détails p. 101.

Fig. 33. Coupe des terrains primaires à Étrœungt (Nord).

    1. Calcaire carbonifère supérieur.

    2. Calcaire carbonifère inférieur.

    3. Calcaire à *Productus scabriculus.*

    4. Schistes argileux micacés à *Cyathophyllum.*

    5. Schistes avec bancs calcaires irréguliers.

    6. Calcaire, épaisseur 6 à 8 mètres.

    7. Schistes avec bancs calcaires à *Spirifer hystericus.*

    8. Calcaire à *Spirifer* voisin du *distans,* épaisseur 5 à 6 mètres.

    9. Schistes argileux et arénacés.

Fig. 34. Coupe des terrains primaires du Hainaut français entre Étrœungt e Boussière. Échelle : 1/60,000.

    1. Calcaire de Visé.

    2. Calcaire de Tournay.

    3. Psammites du Condros.

    3'. Schistes argileux grossiers de l'étage des psammites du Condros.

    3''. Calcaire dévonien d'Étrœungt.

    4. Schistes de Famenne.

    5. Calcaire de Givet.

    a. Sable vert crétacé.

A. Bande de calcaire carbonifère d'Étrœungt.

B. Bande de calcaire carbonifère d'Avesnes.

C. Bande de calcaire carbonifère de Marbaix.

D. Bande de calcaire carbonifère de Dourlers.

E. Bande de calcaire carbonifère de Berlaimomt.

Fig. 35. Coupe du calcaire carbonifère à Landlies (gisement de la brèche de Dourlers). Voir les détails p. 121 et 122.

Nota. — M. Delanoue, à qui j'avais communiqué mon travail postérieurement à l'impression, m'envoya la note suivante que je me fais un plaisir d'insérer ici :

« Tout ce que j'ai dit à la session extraordinaire de Valenciennes s'applique non à une brèche, mais à un poudingue bien caractérisé, exploité comme castine par le haut fourneau d'Aulnoy, dans une carrière abandonnée, située près de la Sambre. Ce poudingue est le même que celui de Stavelot (Belgique) et de Fauquenberg (Pas-de-Calais). Comme je vous l'ai dit, je n'admets pas ce qu'on m'a fait dire sans m'en prévenir dans le passage du *Bulletin* que vous citez ; je proteste contre ce qu'on m'y prête. »

Fig. 36. Coupe montrant le gisement des phtanites à Hozémont. Voir les détails p. 116.

Fig. 37. Coupe de Blacourt à Blequenecque. Échelle : 1/40,000.

    *a*. Terrain crétacé.

    1. Schistes siluriens.

    2. Schistes et conglomérats rouges. . . . . .⎫

    3. Calcaire à *Sp. Bouchardi*. . . . . . . . ⎪

    4. Schistes avec nodules calcaires à *Favosites* ⎪

      *cervicornis*. . . . . . . . . . . . . ⎬ Étage des psammites

    5. Dolomie cristalline. . . . . . . . . . ⎪ de Condros.

    6. Schistes rouges.. . . . . . . . . . . . ⎪

    7. Calcaire à *Sp. Verneuili*. . . . . . . . ⎭

    8. Grès jannâtre . . . . . . . . . . . . 

    9. Dolomie carbonifère . . . . . . . . . .⎫ Calcaire carbonifère

  10. Calcaire carbonifère compacte. . . . . . ⎬ supérieur.

  11. Étage houiller.

Fig. 38. Coupe du calcaire carbonifère du Boulonnais, en suivant le ruisseau de Combreux. Échelle: 1/40,000. Les chiffres ont la même signification que dans la coupe précédente ; de plus,

  12. Psammites du Condros.

# TABLE DES MATIÈRES.

## I. INTRODUCTION.

Considérations sur la constitution physique du pays et sur la disposition générale des couches.

## II. HISTORIQUE.

## III. DESCRIPTION DES ÉTAGES.

### A. POUDINGUE DE BURNOT.

### B. COUCHES INFÉRIEURES AU POUDINGUE DE BURNOT.

#### 1° Terrain rhénan et ardennais de l'Ardenne.

#### 2° Terrain rhénan du Brabant.

## IV. COMPARAISON DES TERRAINS PRIMAIRES DU BOULONNAIS AVEC CEUX DE LA BELGIQUE.

## V. CONCLUSIONS.

*Sommaire.* Divisions du terrain primaire de la Belgique en étages distincts sous le rapport paléontologique et stratigraphique. — Groupement de ces étages en terrains. — Limite entre les terrains carbonifère et dévonien. — Distribution des étages du terrain dévonien en trois groupes. — Importance des divisions établies dans les terrains primaires, comparée à celles des terrains secondaires et tertiaires. — Comparaison des terrains primaires des pays étrangers avec ceux de la Belgique. — Mouvements du sol du bassin antraxifère pendant l'époque primaire.

FIN.

Paris. — Imprimerie de L. MARTINET, rue Mignon, 2.

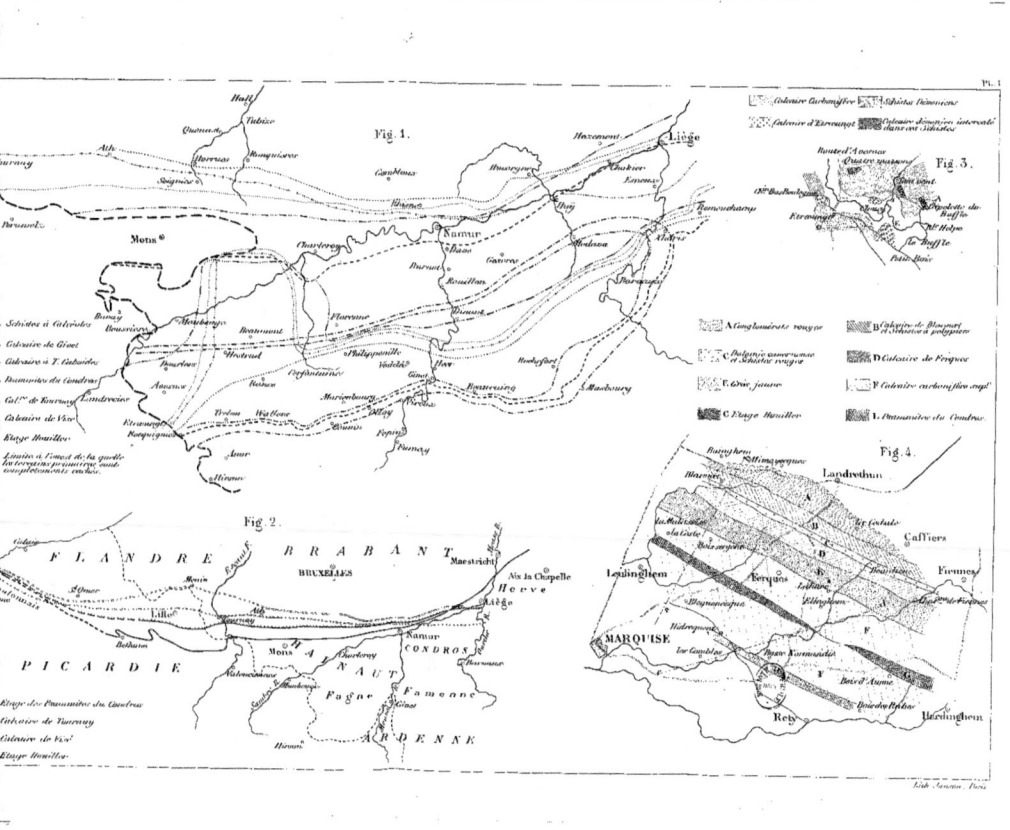

Pl. 1

Fig. 1.

Fig. 3.

Fig. 2.

Fig. 4.

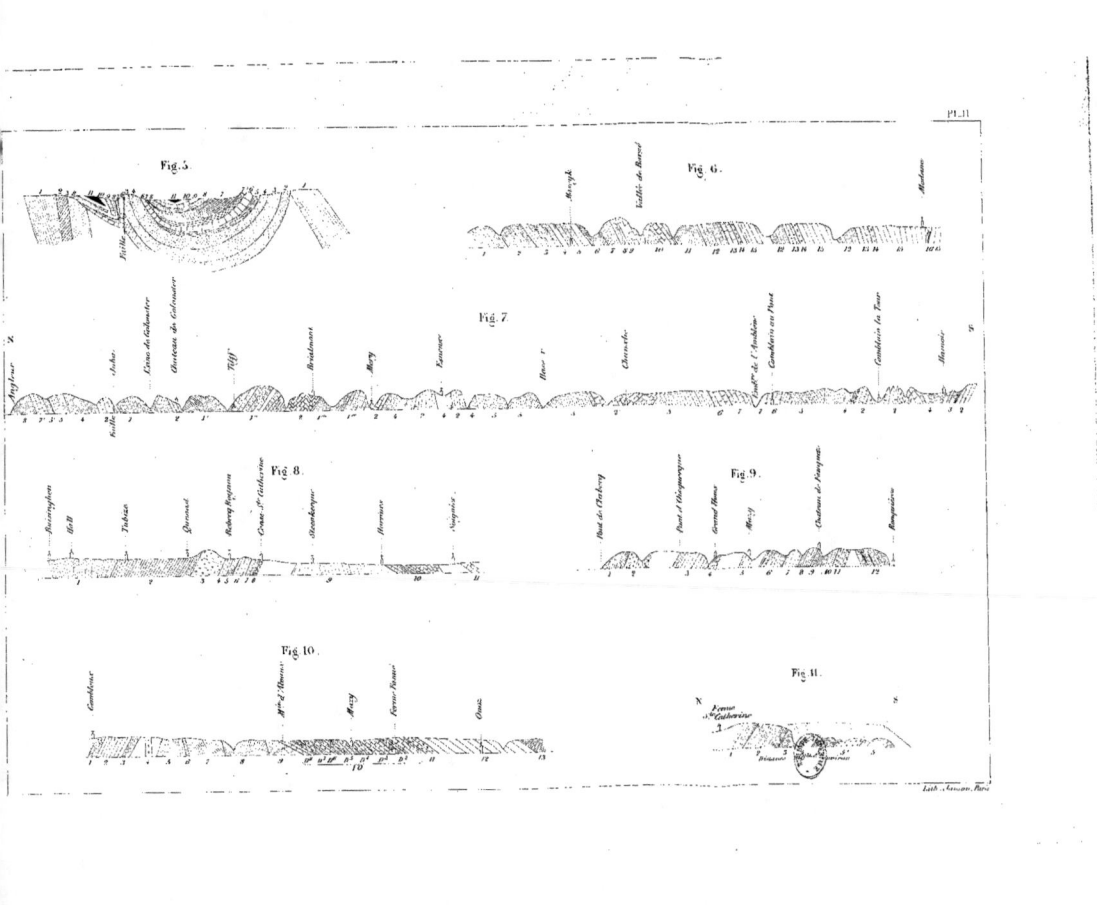

Pl. II.

Fig. 5.

Fig. 6.

Fig. 7.

Fig. 8.

Fig. 9.

Fig. 10.

Fig. 11.

Lith. Janson, Paris

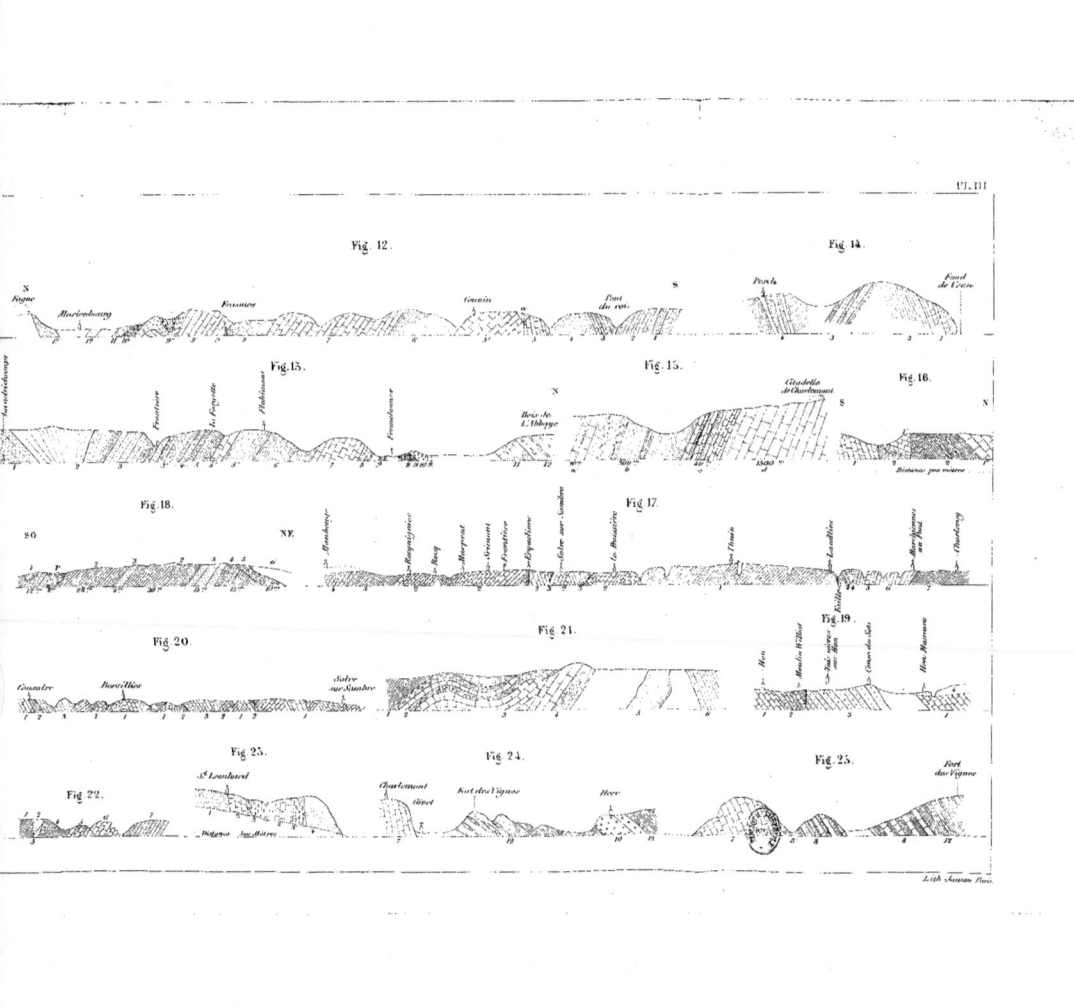

Pl. III.

Pl. IV

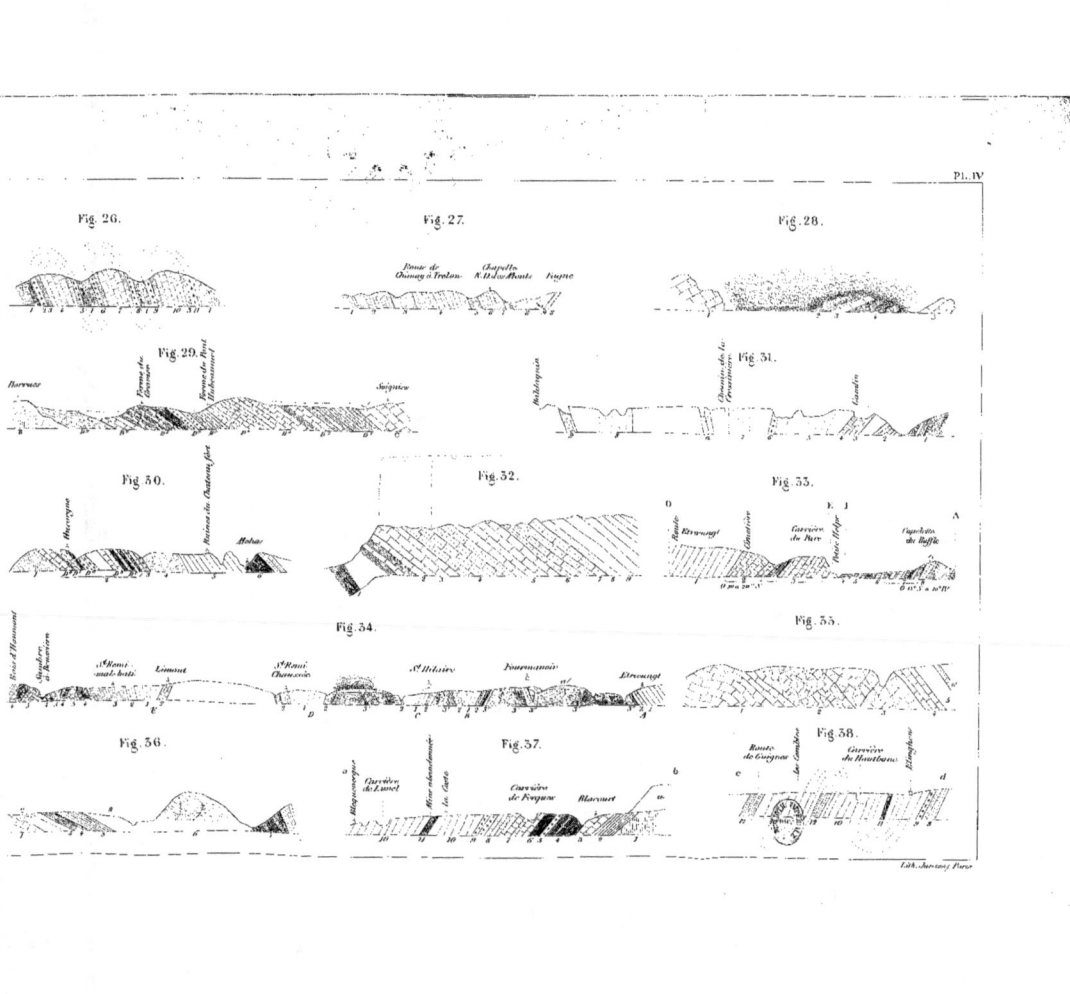

Fig. 26.

Fig. 27.

Fig. 28.

Fig. 29.

Fig. 31.

Fig. 30.

Fig. 32.

Fig. 33.

Fig. 34.

Fig. 35.

Fig. 36.

Fig. 37.

Fig. 38.

Lith. Jansens Paris

www.ingramcontent.com/pod-product-compliance
Lightning Source LLC
Chambersburg PA
CBHW070907030726
47504CB00005B/1495